이름 없는 들꽃마저

사랑하지 않은 적 없었다

2022 오느레

봄에 시작한 이야기가 여름을 거쳐

두 계절을 마무리하며,

조금은 선선해진 계절에

각자의 이야기를 전해 보냅니다.

개인에 머물러 있던 이야기가

당신께 닿을 생각을 하니

설레기도, 긴장되기도 합니다.

여덟 명의 각기 다른 계절을

천천히 음미하시면서

새로운 오늘을 맞이하시길 바랍니다.

늘 그 자리에서,

오늘을 굳건히 지켜내는

우리 모두를 응원합니다.

2022년 9월

머리말

1부 · 봄

2부 · 여름

3부 · 어느 여름날

각 글에는 작가들의 추천 노래가 있습니다.
함께 즐겨주시길 바랍니다.

봄

김다영

나에게
남은
시간

♬ Troye Sivan - Bloom

나에게는 '봄' 하면 가장 먼저 떠오르는 영화가 있다.

고등학교 시절 "다영아 '너의 췌장을 먹고 싶어'라는 영화 알아?"라는 친구의 말에 "너의 췌장을 먹고 싶어? 그게 뭐야? 무슨 좀비 영화야?" 라고 대답하던 순간이 기억에 남는다. 그게 아니라 감동적인 내용의 영화라고 다급히 설명하는 친구의 말은 듣지 않은 채 충격에 휩싸인 나는 한동안 영화의 제목을 잊지 못하였다. 시간이 흘러 20살의 어느 봄날, 볼 게 없어 스트리밍 사이트를 뒤적거리다가 우연히 '너의 췌장을 먹고 싶어'를 발견하게 되었다. 오랜만에 본 이름에 반가운 나머지 나는 무언가에 홀린 듯 재생 버튼을 눌렀다. 영화는 췌장암에 걸린 소녀와 평범한 소년에 관한 내용이었고, 나는 이 영화가 그저 흔하디흔한 슬픈 시한부 영화일 것으로 생각했다.

영화의 한 장면 속 소년은 죽음을 앞둔 소녀에게 "짧은 여생을 이런 일에 써도 돼?"라고 하며 별로 남지 않은 시간인 만큼 더욱 소중하고 의미 있게 보내야 하지 않냐고 물어본다. 하지만 소녀는 "너야말로 하고 싶은 일 해야 하지 않아? 내일 갑자기 네가 먼저 죽을지도 모르잖아."

그러고 보니 나는 현재를 즐기기보단 항상 미래를 바라보며 살아왔다. 15살에는 이걸 해야지, 20살에는 이걸 해야지, 30살에는 이걸 해야지, 50대에는 이걸 해야지, 80대에는 뭘 하지? 라고 끊임없이 미래에 대한 계획만 세워왔다. 그렇게 나는 24살이 되었다. 물론 24년의 인생을 되돌아봤을 때 나는 내가 마냥 후회스러운 삶만을 살아온 것은 아니라고 생각한다. 하지만 과연 내일 내가 당장 죽게 되었을 때도 후회가 없을까? 어떻게든 되겠지 하며 하루하루를 그저 흘려보내며 살아오던 나는 조급해지기 시작했다. 올해는 유럽 여행을 가봐야지, 올해는 꼭 다이어트에 성공해야지, 올해는 꼭 일본에 친구를 만나러 가봐야지! 미래의 나에게 미루던 수많은 계획들을 다 실행에 옮길 생각에 설레며 오래전 작성한 버킷리스트를 꺼내 보았다.

-일본 한 달 살아보기

당장 내일 죽는다고 했을 때 오늘 이뤄볼 수 있는 일은 아니다.

-뉴욕에서 새해 맞이하기

뉴욕에 가다가 하루가 지날 것이다.

-복권 당첨되기

이건 내가 100년 뒤에 죽는다고 해도 이루기 힘들 것이다.

내일 죽는다고 했을 때 나는 내 버킷리스트 중 어떠한 것도 이룰 수 없다. 그 사실을 깨닫자 극도의 허무함이 밀려왔다. 그러면 나는 이대로 아무 의미도 없는 인생을 살다가 허무하게 죽어야만 하는 걸까?

하지만 다르게 생각해봤을 때 과연 인생에서 대단한 일을 하는 것만이 의미 있는 삶이라고 할 수 있을까? 세계 일주를 하고, 복권에 당첨

되어 건물과 외제차를 사는 삶만이 의미 있는 것일까? 사람마다 각자 다른 곳에서 가치와 행복을 느낀다. 나의 오랜 친구는 틈만 나면 여행을 가려고 한다. 그녀는 좋아하는 사람과 여행을 가서 사진을 찍고, 찍은 사진을 보정하여 친구들에게 공유하는 그런 삶에서 가치와 행복을 얻는다. 반면, 나는 내가 졸업한 중학교 주변 산책로를 걷는 것을 좋아한다. 봄과 여름 사이, 6시 반쯤 좋아하는 노래를 들으며 혼자 그 길을 걷는 순간을 그 어떠한 순간보다 가장 좋아한다. 이렇듯 나와 내 친구는 각각 다른 곳에서 행복을 느낀다. 모두에게 각자의 행복하고 의미 있는 순간들이 있는데 과연 누가 다른 이의 삶의 가치를 판단할 수 있을까.

후에 여유가 생기면 세계 일주도, 복권도 시도해볼 수 있겠지만, 현재로서는 좋아하는 노래를 듣고, 좋아하는 친구와 이야기하는 그런 소소하지만, 행복한 순간들을 즐기며 사는 거로 충분하다. 대단하고 큰 의미가 있는 삶을 추구하기보다 지금의 내 삶 속에서 작은 의미들을 찾아가며 살아가는 게 가장 큰 행복일 것이다. 초조해할 필요 없다.

아마 이 영화도 나와 같은 이야기를 해주고 있다고 생각한다. 곧 죽기 때문에 빛나고 소중한 시간만을 보내야 하는 게 아니라 지금 내가 사는 모든 순간이 이미 충분히 빛나고 있으니, 그 속에서 행복을 찾으라고 말해주고 싶었던 게 아닐까?

만약 누가 지금의 나에게 "짧은 여생을 이런 일에 써도 돼?"라고 묻는다면 나는 망설임 없이 "응!"이라고 대답할 것이다.

김동규

마음의
봄날을
찾아서

♫ yaeow – Behind the Clouds

마침내, 봄이다. 방 안으로 쏟아지는 따스한 햇살에 못 이겨 나갈 채비를 하게 되는, 완연한 봄. 몇 주 전 일정이 일찍 끝난 어느 날, 밤새 비가 내렸는지 도로가 온통 분홍색으로 물들어 있었다. 바람과 빗방울이 직접 수놓은 합작품을 놓칠 수 없다는 생각에 바로 하차 태그를 찍었다. 꾸준히 움직이던 내 발은, 동네 상가 앞에 있는 나무 한 그루 아래서 멈췄다. 이 부근에 있는 벚나무 중 제일 크고 탐스러운 꽃을 피우는 왕벚나무였다. 나무 자체의 덩치가 정말 압도적이라, 동네 사람들은 봄철만 되면 꼭 이 나무 앞에서 한 장씩 사진을 찍곤 한다.

대학생이 되기 전에도 오다가다 보기는 했지만 그렇게 가까이서 구경한 것은 처음이었다. 정확히 말하면, 제대로 된 꽃구경을 해 본 적이 처음이었다고 하는 것이 맞을 것이다. 당장 집 바로 앞에 꽃을 보러 전국 각지에서 사람들이 모여드는 동산이 있지만, 방문한 기억은 손에 꼽을 정도이니까. 그 건너편에 있는 중학교에 다닐 때도, 그다지 가볼 생각은 하지 않았다. 예외가 있다면, 졸업 사진을 찍던 날 단 한 번. 그 외에는 올라가 본 기억이 거의 없다.

이 글을 쓰기 전, 내게 꽃구경은 아무 의미 없는 행위로 여겨져 왔었다. 당장 내일 치러야 할 중간고사가 있는데, 며칠 후에 제출해야 하는 과제가 있는데 왜 시간을 내서 꽃을 보러 가는지 이해할 수 없었다. 봄이 지나면 다 지게 될 꽃들인데, 일회성 이익에 집착하는 것이 무슨 소용이 있을까 싶었다. 물론 남는 건 사진밖에 없다지만, 지금은 손가락만 몇 번 까딱하면 다 찾아볼 수 있는 시대이니 그건 옛날 말에 불과하다. 내 집 앞에 있는 꽃보다 더 예쁜 꽃들도 단숨에, 언제든지 찾아서 감상할 수 있지 않은가. 단순히 꽃이 아름다워서, 봄철이 아니면 볼 수 없어 간다는 말은 나를 납득시킬 수 없었다. 현대인들에게 꽃구경은 무슨 의미이기에, 기어코 일정을 조정해서라도 가려고 하는 것인지.

답은 벚나무에 있었다. 벚나무는 추위나 공해에 강하지만 나무껍질에 상처를 입으면 잘 낫지 않으며, 가지치기하면 싹이 쉽게 자라지도 않는다는 단점을 동시에 지니기도 한다. 그래서 벚나무를 가장 오래 볼 수 있는 방법은, 심는 간격을 적당히 넓혀 두어 방해받지 않고 스스로 자라날 수 있도록 하는 것이다. 인위적인 작업 없이 모진 풍파를 견디고 혹독한 날씨를 견뎌 내도록 해야만, 더 튼튼한 나무에서 보다 더 아름다운 벚꽃이 피어난다. 우리 동네의 왕벚나무가 그 누구의 도움도 없이 혼자서 꽃을 피워낸 것처럼.

단 2주 정도의 짧은 아름다움을 위해, 벚나무는 혹독한 추위와 벌레를 견뎌내며 혼자만의 고독한 싸움을 이어간다. 봄철이 되면 기다렸다는 듯 벚꽃이 만개한다. 웃고 떠드는 사람들 틈에서, 벚나무는 잠시나마 고개를 빳빳이 피고 봄기운을 만끽한다. 그러다 개화 기간이 지나 꽃잎이 떨어지고 나면, 다시 가로수로 돌아가 보행자의 그늘이 되어 주는 것이다. 그들은 묵묵히 해야 할 일을 하면서, 다시 꽃을 피울 날만을 기다린다. 2주를 위한 1년이라는 아름다움을 거름으로 하여 피어나는 벚꽃은 바라보는 모든 이를 사로잡는다. 얼마 피어 있지는 못하지만, 그렇기에 더욱 아름답고 또 소중하다. 많고 많은 봄꽃 중에서 벚꽃이 제왕으로, 봄의 상징으로 군림하는 이유이고, 현대인들의 많은 사랑을 받는 이유다.

우리는 오늘도 고되고, 평범한 일상에서 하루하루를 치열하게 살아가고 있다. 서로 상처를 주고받는 일도, 하려는 일이 뜻대로 되지 않아 스트레스를 받는 일도 많다. 벚나무들이 떨어져 있어도 서로 가지를 부딪치면서 자라나듯이, 우리도 서로 지지고 볶는다. 어떤 상처라도 쉽게 낫는 법이 없다. 특히 과감하게 잘라 낸 과거나 인연은 더더욱. 다시 돋아날 싹을 위해서는, 반드시 치유와 인내의 시간이 필요하지만, 상처를 치유할 시간은 그리 많지 않다. 데인 곳을 또 데이기도 한다. 그럼에도 언제 아물지 모르는 아픔을 안은 채로, 다시 찾아올 봄날을 위해 노력하는 우리는, 길거리에 서 있는 벚나무들과 많이 닮았다.

우리라는 '나무'가 성장하는 동안 봄은, 겨울은 몇 번이나 찾아올지 아직은 잘 모르겠다. 따스한 햇살이 맞아주는 봄날보다는, 눈비가 내리고 얼어붙을 듯 칼바람이 부는 날이 더 많을 수도 있다. 하지만, 설령 지금 걸어가고 있는 길이 느리고 험난한 길이더라도, 발걸음을 멈추지는 말자. 거리에 굳건히 버티고 서 있는 벚나무처럼 살아가자. 목표를 위해 끊임없이 나아갈 줄 아는 열정 가득한 삶을. 다양한 사람을 만나 함께 하고, 때로는 서로에게 그늘이 되어 줄 수 있는 삶을. 일상에 지치고 힘들 때, 벚꽃 한 번 구경하고 올 수 있을 만한, 조금은 여유로운 삶을. 창밖에 와 있는 봄보다 더 따뜻할, 앞으로 우리가 마주할 봄날도 아직 많이 남아 있으니까.

김민지

무뎌진
새로움

♫ SHY Martin - Feelings

시간은 우리에게 상반된 감정을 선물한다. 기쁨과 슬픔, 설렘과 두려움, 희망과 절망. 하나에 여러 감정이 드는 것은 어쩌면 당연할 수 있다. 하지만, 한번 '새해'를 떠올려 보자. 대부분 사람은 목표를 새해에 걸면서 소망한다. 그리고 '시작'이라는 새로움을 느낀다. 나도 그랬다. 다만 그런 마음은 새해가 아닌 봄에 느꼈다. 계절의 시작인 봄에.

봄은 3월에 시작을 알린다. 겨울의 흔적이 아주 묻어있기는 하지만. 학생에게는 3월이 새 학년의 시작이기도 하다. 그래서 3월이 되면 봄이 온다는 것보다, 새로움을 만난다는 것에 더 감흥을 느낀다. 그렇게 기대와 설렘이 나를 가득 메웠는데, 확실한 기대를 느낀 건 중학교 입학할 때였다. 길거리나 TV에서 보기만 하던 교복을 내가 입는다는 사실에 벌써 절반의 기대를 머금고 있었다. 교복은 그 사람이 학생이라는 것을 바로 증명해주므로, 나도 교복을 입고 더 이상 꼬마가 아니라는 것을 티 내고 싶었던 것 같다. 나머지 절반의 기대는 새 친구들을 만날 수 있다는 점에서 비롯되었다. 어떤 친구들을 사귀게 될지, 그 친구는 어떤 사람일지. 3월은 그렇게 기대의 순간이 잦았던 달이었다.

하지만, 나는 서서히 무뎌지는 새로움과 기대를 알아버렸다. 물병에 떨어진 잉크가 희석하면서 농도가 묽어지는 것처럼, 현실이라는 물병에서 기대는 색을 연하게 더하는 역할밖에 하지 않았다. 완성된 액체는 '익숙함'이다. 중학교는 물론 고등학교 때도 새로움이 익숙함으로 변하는 과정을 몸소 느꼈다. 나는 특히 2학년일 때 많이 느꼈다. 그쯤 되면 학교생활에 적응해서 서투름 없이 다니니까. 그때는 새로움이 나오는 것에 놀라기보다, 새로움이 무뎌지는 것에 놀랐다. 분명 학년이 올라갈 때마다 무언의 기대를 품고 있었던 것 같은데, 어느새 연기처럼 사라졌다. 마치 얼마 가지 않아 낙화하여 꽃잎이 땅에 흔적을 남기는 것처럼, 새로움은 땅에 떨어져 자신의 끝을 고요히 알려주었다. 낯설었다.

봄이라는 계절은 나에게 일관된 감정을 선물할 줄 알았는데, 시간은 그걸 허락해주지 않나 보다. 나도 모르는 새, 봄을 맞이하는 나의 감정이 변하고 있었다. 그러나 앞서 말했듯, 그게 당연할 수 있다. 아니, 당연하다. 계절은 매해 똑같이 다가오지만, 계절 속에 있는 '나'는 매해 다르니까. 올해도 작년과는 다르게 봄을 만났다. 새로움 세 숟가락, 두려움 두 숟가락을 머금고. 시간이 지나면 또 다른 색깔의 감정으로 변하겠지. 이제는 적응하려고 한다. 계절을 만나는 나 자신이 매번 다르다는 걸 알아서, 이제는 변하는 감정을 그대로 받아들이려고 한다. 생각해 보면, 그것은 그리 놀라지 않고 대수롭지 않게 여겨도 될 일이다. 복잡하지만 단순한 '느낌'일 뿐이니까. 나는 왜 그동안 그러한 '느낌'이 생기고 무너지는 것을 안타깝고 낯설게만 생각했을까. 어쩌면 새로이 생겨난 감정이 무언의 시작을 알리는 표지판일 수도 있을 텐데.

새해 같은 봄은 나에게 모든 것의 촉발점이다. 나는 봄에 만나는 것들이 겨울까지 이어지리라는 보장은 없다는 것을 이제야 깨달았다. 영원한 것을 아직 보지 못하기도 했고. 무엇이 변하더라도 그의 무게를 들어줄 자신이 생겼다. 차차 새로움이 무뎌지고 있는 지금도, 그것을 특

별하게가 아닌 소중하게 생각하려고 한다. 변화한 감정이라는 액체를

피워낸 검정 물방울들은 나의 길을 알려주고 있을 테니까.

김효진

피 흘리는 봄

♫ Matryoshka - Scared Play Secret Place

모든 봄은 피를 흘리며 꽃을 피워낸다.

어느새 훌쩍 다가온 봄날, 흐드러지게 꽃을 피워낸 나무 앞에서 나는 잠시 걸음을 멈췄다. 기다랗게 뻗은 줄기마다 주렁주렁 매달린 꽃이 눈길을 사로잡는다. 저 가늘고 연약한 줄기에 꽃이라는 새로운 부위를 틔워 내기까지, 나무는 얼마나 큰 고통을 겪었어야 했을까. 매서운 겨울바람에 가지가 얼어붙고, 세찬 빗방울에 채 피지도 않은 꽃봉오리를 떨구었을 때, 나무는 이루 말할 수 없이 고통스러웠으리라. 그러나, 나무는 기어코 기나긴 겨울을 견뎌내고 꽃을 피워냈다.

나무의 생살을 찢고 나와, 나무의 피를 흘리며 피어나는 아름다운 꽃. 우리가 맡는 이 달콤하고 향긋한 꽃향기는 어쩌면 곧 나무의 짙은 혈향일지도 모르겠다. 얼핏 코를 스친 진한 꽃향기가 아릿한 통증을 자아내는 듯하다. 저 화려하고 어여쁜 꽃 뒤편에는 나무의 눈물 어린 희생과 고통이 숨겨져 있다. 나도 저 꽃나무처럼, 피 흐르도록 고통스러웠던 적이 있었던가.. 붉은 눈물을, 투명한 피를 흘리는 생경한 고통을 언제 느꼈던가. 가만히 기억을 곱씹어본다.

고등학교 3년, 모진 입시 전쟁의 기억. 시간이 지나면 지날수록 기억은 흐려지고 미화되는 법인데, 어째서인지 이 기억은 흐릿해지기는커녕 날이 갈수록 또렷해지기만 한다. 닦아도 닦아도 더럽게 물들어버리는 창문처럼, 아무리 문질러도 지워지지 않는 몸의 무늬처럼. 아마도 그만큼 쓰라린 과거이기 때문인 걸까. 그 기억 속에서 나는 매일매일 피를 흘렸다. 피를 토하며 꽃을 피워내던 이름 모를 꽃나무처럼. 수없이 넘어지고, 또 넘어지던 나날들. 아무도 나를 일으켜줄 수 없었고, 홀로 그 모든 고통을 감내해야만 했다. 뿌리 내리지 못한 나무는 그저 장작이 될 뿐이다.

문턱이 닳도록 드나들었던 교무실, 교실보다도 익숙했던 그 공간의 모양, 냄새, 습도가 아직도 선명하다. 여름에는 서늘하고, 겨울에는 후덥지근하던 그 공간. 비좁은 통로와 곳곳을 가로막은 높은 칸막이는 종종 나의 숨을 막히게 했었다. 그곳에서 나는 늘 초대받지 않은 손님이 된 것만 같은 기분을 느꼈다. 조언을 구하고자 찾아뵌 선생님께 호된 꾸지람을 들은 날이면 아무리 참아 보려고 해도 눈물이 핑 돌았다. 그런 날에는 학생들이 모두 하교하고 텅 빈 잿빛 복도를 걸으며 조용히 눈물을 흘렸다. 그 눈물은 아마 투명한 피였으리라. 그게 피가 아니었다면, 내가 그렇게 가슴이 찢어지는 고통을 느끼지는 않았을 테니까.

눈을 감으면 그때의 춥고 건조했던 나의 작은 방이 선명히 그려진다. 찬바람이 새어 들어오는 창가, 책상 위로 이리저리 흐트러진 종이들, 그 서늘하고도 서러운 작은 방. 그곳에서 나는 지독한 무기력함을 느꼈었다. 서로를 향한 연민조차 버겁고 부담스러웠다. 아무리 이불처럼 보드랍고 가벼운 눈이라도, 쌓이고 쌓이다 보면 나무는 그 지대한 무게를 버티지 못하고 끝내 부러지고 만다. 입시를 응원해 주시던 선생님께서 아직 결과가 나오지 않았느냐고 물어 오신 것에 공손히 부정의 답을 보내면서, 내 신체의 어딘가가 떨어져 나가는 것만 같다고 생각했었다.

나는 너무나도 많은 피를 흘렸다. 상처가 아물 틈도 없이 덧나고 또 덧났다. 극심한 출혈 끝에 남아있는 것은 끝없는 고통과 어둠뿐이리라고 생각했었다. 그러나, 흐르는 피가 기어이 피워낸 것은 찬란한 생生이었다. 갓 손에 쥔 심장처럼 따끈따끈한 진짜 생명, 고통을 딛고 피어난 합격이라는 값진 꽃의 탄생이었다. 세상의 모든 어머니가 피를 흘리며 새 생명을 세상에 피워내는 것처럼, 모든 꽃나무가 피를 흘리며 꽃을 피워내는 것처럼. 우리도 지독한 고통의 벼랑 끝에서야 비로소 앞으로 나아갈 수 있다.

피 흘리는 것이 마냥 두려워 어떤 것도 하지 않고 가만히 있으면, 결국 어떤 결실도 이룰 수 없다. 꽃을 피우는 과정은 고통스럽다. 하지만 그 고통을 묵묵히 견뎌낸 자에게는 필시 세상의 그 어느 것보다도 아름다운 꽃이 피어나리라. 나는 아직 겨우 하나의 꽃을 피워낸 꽃나무지

만, 머지않아 내가 본 그 꽃나무처럼 아름다운 꽃들을 가지마다 가득

피워낼 것이라고 믿는다.

또 언젠가는, 이 꽃이 피어난 자리의 상처도 아물고, 그 아문 흉터 자

국에 묵직한 과실이 맺히지 않겠는가.

남궁설

금방
지나갈
꽃샘추위야.
기억 속의 정경

♬ 카더가든 - 나무

돌이켜 생각해보면 나의 모든 하루는 봄날이었다. 옛 기억의 조각들을 펼쳐보면 색이 바래 녹슨 편도 몇 개 있긴 했지만, 이 모든 조각들을 엮어 완성되는 것은 쌉싸름한 봄 내음을 풍기는 아름다운 정경이었다. 나의 봄은 대부분 흐린 날이었던 것 같다. 구름에 가려 햇빛이 보이지 않는 것은 당연지사. 비가 오는 날, 심지어 질척한 봄눈이 오는 날도 있었다. 하지만 지나고 나니 새로운 계절이 시작하기에 앞선 가벼운 꽃샘추위였다. 지금 생각해보면 그렇다. 어떻게 인생에 살랑거리는 봄바람만이 불 수 있겠는가. 봄의 해는 늦게 뜬다. 다른 계절보다 살짝 늦을 뿐이다. 색이 바랜 조각에는 먼저 핀 꽃을 시샘하는 날도, 우울의 수렁에 갇혀 나를 놓아버리는 날도 있었지만 마침내 나는 늘 나의 싹을 진드근히 피워냈다. 꽃샘추위는 꽃을 발아하기 위한 준비과정이다. 아무리 추워도 결국 봄은 오니까. 늘 찬란하게 왔으니까.

아마 이 글을 읽는 독자 중에서도 재수를 해본 사람이 있을 것이다. 재수생 시절 나의 별명은 트릴로니였다. 그 있지 않은가. 맨날 틀어박혀

수정구슬만 들여다보는 해리포터에서 가장 음침한 교수님. 학원에서 난 늘 트릴로니라고 불렸다(어쩌면 내가 비슷한 안경에 머리를 까고 다녀서 그런 거일지도 모르겠다).

자신만만했던 수능을 말아먹고 (지금 와서 말하지만 난 정말 한 과목쯤은 만점을 받을 줄 알았다) 다시 학원에 발을 들이던 그날, 그날은 정말 세상이 무너진 것만 같았다. 나의 학창 생활 12년을 내다 버린 느낌이었으니까. 그때는 대학이 나의 전부였다. 어떻게 지나갔는지도 모르게 바삐 보낸 1년의 재수 생활의 마침표를 찍은 날, 그때의 감정은 지금까지도 생생하게 감겨온다. 후련하면서도 허망하고 그렇다고 완벽하지도 못했던 하루. 그날 밤, 정말 눈이 떠지지 않을 정도로 울었던 것 같다. 청춘의 가장 아름다운 시기를 낭비했다는 죄책감 때문이었을까(물론 밥은 맛있게 먹었다).

그때는 너무 힘든 시간이었지만 지금 와 생각해보면 귀엽기도 하고 미안하기도 한 희뿌연 감정으로 남아있다. 그렇게 힘든 날도 이제 와 생각해보면 이렇게 예쁜 조각으로 남아있다는 것을 미리 알았더라면, 늘 언제나 봄은 온다는 사실을 좀 더 일찍이 알려줄걸. 교차하는 감정, 과거의 나의 봄에 더 만개한 꽃을 피우지 못했다는 아쉬움과 그것마저 하나의 경험이었다는 따뜻한 자기 위로. 그것이 나의 봄에 대한 정의이다.

따스한 봄날을 준비하기 위해 시간이 필요한 나에게 꽃샘추위는, 때로는 반가운 손님처럼 느껴진다. 꽃의 잉태를 위한 일련의 고통은 더욱 뿌리를 단단하게 만드니까. 봄의 완성은 비로소 꽃샘추위로부터 시작된다. 어쩔 줄 모르면서 봄을 맞이하지 않아 다행이다. 나의 값진 봄을 치장할 시간이 있어 다행이다. 유난히 매섭지만 가장 소중한 봄의 첫날, 올해도 꽃샘추위가 시작됐다.

서윤희

RE :

♬ 허회경 - 김철수 씨 이야기

3월이다. 3월은 내게 상징적인 달 그 이상도, 이하도 아니다. 누군가에겐 설렘을 선사하고 새로운 시작을 선물하는 달. 나에겐 의문의 누군가가 쥐여 준 리셋 버튼을 의지와 상관없이 눌러야 하는 달이다. 유년기 때부터 대학교 4학년까지 3월은 새로운 학년에 진급하는 달이었다. 낯선 환경, 낯선 사람에 적응해야 한다는 압박감을 온몸에 휘두르고 뻣뻣한 몸을 세우며 앉아있는 그때 그 자리. 졸업을 앞둔 올해의 3월은 오지 말았으면 하는 시간을 억지로 붙잡는 내게 얼른 누르라며 버튼을 쥐여주는 그런 날이 돼버렸다. 나의 엄지손가락은 아직도 그 감각을 잊지 못한다.

계획대로 흘러가면 좋으련만. 인간의 계획은 크나큰 세상에 비하면 한낱 바스러지는 꽃잎과 같은 것이다. 그 꽃잎을 한번 쥐어보려 열심히 벚나무 밑을 배회했다. 봄이라는 설렘은 내게 쥘 수 없는 계절이다. 자연에 대한 무정함이 아니라 남들보다 그다지 봄을 좋아하지 않는다. 오히려 여름에서 가을로 넘어가는 쌀쌀함을 애정하고 붉게 물드는 단풍을 바라보며 유치하게 내 얼굴이 붉어지는 것을 느끼는 사람이다. 봄이 그렇게도 좋냐 묻는 노래 가사처럼 사람들은 봄을 참 좋아한다고 느꼈다. 가끔은 저들처럼 까르르 웃음 지으며 꽃잎이 헤엄치는 거리를 만끽하길 원했다. 그렇다고 봄이 내게 우울한 계절인 건 아니다. 누군가보다 설렘을 덜 느낄 뿐, 곳곳에서 색을 입는 자연을 보면 와아 하는 작은 탄성을 내뱉기도 한다.

마지막이라는 건 사람에게 요상한 감정을 선물한다. 괜히 뒤돌아보게 만들고, 잘 가고 있던 발걸음을 멈칫하게 만든다. 이제 다시는 3월의 새로운 시작을 느끼지 못한다고 생각하니 더 머물고 싶어졌다. 지금까지 해 온 것들을 기반으로 앞으로 박차고 나아가야 할 이 시점에, 두발을 연신 비벼대며 얕은 구멍을 만들어 잠시 콕 박혀 있고 싶어졌다. 동시에 먼 미래를 상상하며, 주변 꽃잎은 앞으로 나아가는데 나 홀로 저 밑 바닥까지 수직으로 하강하는 이름 모를 열매 같았다. 한해를 다짐하며 새로운 시작을 명명하는 버튼이 아닌 리셋 버튼으로 느낀 것은 왜일까.

연말 결산을 내며 다시 내년을 기약하는 것처럼, 100이라는 숫자에 완벽한 채워짐을 느끼며 후에 1을 더해 새로운 앞자리를 향해 달려가는 것처럼. -의 나를 지우고 +을 향해 달려가는 리셋 버튼을 들고 서 있다.

아직 난 그 버튼을 누르지 못했다. 주변에서 재촉하지 않더라도 나도 모르게 눌려져 있던 버튼이, 처음 그 모양 그대로를 유지하고 있다. 마지막이라고 건넨 최선의 배려인 걸까?

이제는 얕은 구멍에서 빠져나올 시간. 발밑에 쌓인 낯선 열매들을 무심하게 툭툭 털어낸 채 지면 위로 올라왔다. 어느새 향기만 남기고 떠난 잎들은 잡히지 않고 경이로운 푸른색의 세상만 남아 있다. 어디로 가야 할지 망설이는 나는 두 손만 꼭 쥔 채 서 있다. 문득 그 속에 쥐어진 작은 버튼을 쳐다봤다.

set

set

set

비로소 찾은 나의 미래, 내가 설정할 나의 발걸음. 여름이 오기 전, 풍요로운 열매를 맞이할 수 있겠다. 이만하면 큰 수확을 이뤘다.

봄바람 휘날리는 노래를 마음껏 외치는 그날까지, 나의 봄을 힘차게 굴러야겠다. 누군가와 비교하는 감정을 선호하는 편은 아니지만, 이번 봄은 나도 그들 사이에서 분홍 꽃잎을 맞이하며 작은 설렘을 쥐어본다. 지더라도 찬란했던 그 순간을 기억하며 나만의 설정으로 채워질 다음 날의 봄을 기대한다.

정유리

알아보지 못했던
색채에 관하여
늦봄을 깨치다

♫ Hinkik - Ena

"벚꽃이 질 때 너와 꽃눈깨비 속을 걷고 싶어."

국립국어원 공식 트위터 계정이 2022년 초에 올린 카드 뉴스에는, 말 그대로 봄이 내려앉아 있었다. 사랑의 말이 자주 오가는 계절이, 드디어 왔다. 입춘은 대개 2월 3일이지만 2월이란 봄이 아니라 꽃샘추위의 것 이므로, 우리에게 봄은 3월 정도에나 얼굴을 비친다. 못 보던 노란 것들 이 보이고 그 너머에 진분홍의 것이 피어나기 시작하는 계절. 산뜻함이 실물로 나 보이는 계절. 텅 비어 있던 나뭇가지에 연분홍빛 색채가 부여 되는 계절. 상큼하지는 않아도 풋풋한 향이 가로수 길을 가득 메우는, 그런 달짝지근하니 쌉싸름한 계절. 우리는 이것들을 사랑한다. 아름답 다고 말한다. 이것들이 흩날리고 퍼져 못내 사라짐을 아쉬워한다.

아름다움은 불명확하다. 눈썹 없는 모나리자가 아름답듯이, 우리가 여백의 미를 사랑하였듯이. 아름다움은, 명확하지 않기에 비로소 아름 다움이다. 내가 기억하는 봄의 아름다움이란 그런 불명확함이다.

나는 봄을 잘 기억하지 못한다. 뜨겁게 사랑하는 여름이나, 낙엽이 바람 되어 내리는 가을, 온 세상이 죽은 듯 고요해지는 겨울에 비하면, 나는 봄을 잘 기억하지 못한다. 떠올린다고 한들 그 계절 속에 내가 들어 있음을 상상하기 어렵다. 아마 내가 봄을 홀대하였기 때문일 테다. 나는 서울의 잠실 가까이서 10년 넘게 살았지만, 석촌호수 벚꽃축제에 참여한 것은 겨우내 한 번이다. 기업들이 내놓은 '벚꽃 에디션'을 사 모은 기억은 없다. 벚꽃이 잔뜩 피어 있는 길을 달려본 기억도, 겨울 하늘과 달리 봄 하늘이 얼마나 변덕꾸러기인지 알아내려 한 기억 또한 없다.

다만, 바빴다. 봄에만 할 수 있는 것들이 많았다. 봄맞이 대청소, 봄맞이 책 대여, 봄맞이 필사, 봄맞이 중간고사 공부. 봄이 옆에 있음에도, 책 또는 공공기관, 그것도 아니면 뉴스가 말하는 봄만을 믿었다. 계절로의 봄이란 유리창 바깥을 두드리고 지나가지만, 나는 그것을 오직 유리창 안쪽에서 달관할 뿐이었다. 또한 몽상할 뿐이었다.

봄에 꾸는 꿈이야말로 달콤하다. 겨울을 지나 달아오르기 시작하는 계절이란, 곧 생각을 달아오르게 하는 것이었다. 이윽고 말이 많아진다. 말하고 싶은 마음을 위하여 나는 연분홍빛으로 반짝이는 것들을 상상한다. 펜을 들어 사랑을 그리고, 벚꽃을 그리고, 내가 그와 이야기하게 된 경위를 그리고, 다시 찾아온 이 따스한 공기가 폐 가득히 채움을 그린다. 진짜를 두고 그림만을 그린다.

결국 내게 기억된 봄이란 현실 반, 상상 반의 것이므로, 아름다울 수밖에 없다. 나에게는, 아름다울 수밖에 없는 것이란 곧 사랑할 수밖에 없는 것이다. 그래서 나는 기억하지도 못하는 계절을 사랑하고 있다. 사랑, 이 발음이 갖는 모든 것이 희미하듯 봄도 희미하다. 나의 꿈에 나오는 세상이란, 그리고 내가 그리는 황홀함이란 꼭 봄과 닮았다. 세상이 바빴던 만큼 나도 바빴기 때문에, 이리도 실재하는 봄을 꼭 꿈결에 빗대어야만 이해할 수 있었나 보다.그렇기에 더욱 의문이다. 내가 기억하고 있는 봄이란 정말 봄의 그것인가? 계절이야 자기를 어떻게 기억하든 상관없다고 하겠지만, 그런 식의 기억은 곧 상실과도 같다. 그래서 나는 연분홍빛으로 퍼져 있는 안개 속을 끊임없이 더듬어 나가고자 하는 것이다. 온전히 알지도 못한 채로 사랑한다고 말함은 그에 대한 모욕이 되며, 상실을 두려워함이 나의 특징이므로. 이 모든 것을 생각할 때에 비로소 봄은 내 빈자리를 채워주는 계절이 된다.

흐려짐은 아쉬움이다. 사랑하는 것이 흐려질 때 그러하듯이, 하고픈 말이 흐려질 때 그러하듯이. 불명확한 존재는 그것만으로도 아름답지만, 종국에는 애달픔으로 기억된다. 내가 기억하는 봄의 아름다움이란 그런 애달픔이다.

그저 스쳐지나던 봄이 요즈음에는 더 짧아졌다. 인제야 그 연분홍빛 안개를 헤치고 봄 안에 들려 하지만, 봄이 짧아지고 있다. 이대로 잊어버리게 될까? 제대로 알지도 못하는 채로 이별하게 될까? 내가 가진 모든 두려움 가운데, 봄이 깊게 자리하게 되었다. 나는 이것이 기우(杞憂)

이기를 바라며, 이제라도 덜 아름다운 봄을 직시하려 하겠다. 유리창 밖에 있는 봄을 알려 하겠다. 있던 것을 없는 것처럼 치부함이란 이 세상 가장 찬란할 그에게 가장 어울리지 않는 대접일 테니, 그가 더욱 빛날 수 있도록 나는 오늘도 창문을 활짝 연다. 먼길 돌아 우리 다시 만났으니, 우리 이제 오래 머무르자는 마음으로.

Hinkik의 <Ena>라는 곡은 내가 벚꽃길을 거닐 때마다 동행한다. 새벽 아침의 선선함이 곧잘 묻어나는 특성은 심히 매력적이다. 이 곡 덕분에 나는 눈앞에 만개한 벚꽃 위로 애달픈 새벽의 푸르름을 덧씌울 수 있게 되었다. EDM(Electronic Dance Music; 전자/댄스 음악)이 어떻게 '연분홍빛 안개'와 어울릴 수 있느냐는 말에는, 이 음악이 흐려진 나의 봄에 명확함을 채워주었다고 대답하고 싶다.

황민서

늦은
봄이었다.

♬ 초승 - 바다

나는 ENTJ이다.

어느 날, ENTJ의 이상형이라고 적혀 있는 SNS 게시물을 보게 됐다. 나도 나를 잘 모를 때가 많은데, MBTI를 만든 사람은 이미 나를 간파한 게 분명하다. 내 이상형은 내가 먼저 다가갈 때까지 기다릴 줄 아는 사람. 내게 어설픈 플러팅(Flirting)은 의미도 없고, 오히려 역효과가 날 수 있다. 또, 불호가 강하고 밀당을 좋아하지 않는다. 인간적으로 내게 존중할 수 있는 모습을 보여야 한다. 퍼주는 건 좋지만, 너무 심한 경우 부담스러움을 느낄 수 있다. 하하. 눈치챘는가? 연애할 마음이 없다는 소리이다. 설명에 무성애자가 많다고도 하더라. 그렇다. 나는 살아 움직이는 얼음이었다. 얼굴에 문제가 있는 것은 아니다. 이 점을 꼭 짚고 넘어가야겠다. 게다가, 번호를 달라는 사람도 있었다(자랑할 거리가 하나는 있다).

불과 몇 년 전, 내 이상형은 '의지'할 수 있는 사람이었다. 시련이 찾아

와도, 같이 흔들리지 않을 사람. 그런 사람을 찾다 보니, 동갑보단 연상 쪽으로 눈이 갔다. '역시 한두 살 많은 게 다르긴 다른가 보다…'는 개뿔. 깨어나 보니 어항이었다. 분명히 투명한 바다였는데, 아무리 헤엄쳐 앞으로 나아가려 해도 제자리였다. 어항을 깨버리고 싶었지만, 그냥 조용히 폴짝 뛰어올라 내려왔다. 하. 내리쬐는 햇볕이 이렇게 따가울 줄이야. 살갗이 아팠다. 의지하고 싶어, 고민이든 마음이든 다 내려 보여 주었던 지난날이 주마등처럼 흘러갔다. '힘들었겠다', '괜찮아' 등. 공감의 가면에 속아 넘어가고야 말았다. 달콤한 떡밥을 꿀떡 삼켜버린 자신이 원망스러웠다. 어떻게 만든 내 비늘이었던가. 반짝반짝 윤이 나는 비늘이기에, 어떤 공격에도 강할 줄 알았는데. 혼자만의 착각이었다.

어항에서 간신히 빠져나온 뒤, 다시 바다로 헤엄치기란 좀처럼 쉬운 일이 아니었다. 오른쪽. 왼쪽. 방향을 틀고 시선을 돌릴 때마다 멈추게 된다. 한번 갇혔던 물고기는 어느 방향으로 가야 할지 잘 모른다. 온몸을 떨며 간신히 그 자리에 머물 뿐이다. 그물에 낚여 또다시 어항에 들어가지 않으려는 작은 발버둥이라고 할 수도 있겠다. 헤엄이라기보단. 음. 그냥 떠 있는 거지. 아가미가 없이 바닷속에 갇힌 느낌이랄까. 물에 잠긴 귀와 눈은 먹먹해져 쓸데없는 소리와 감정을 차단한다. 나쁘진 않았다. 고요하고 조용한 느낌. 오히려 좋았다. 그렇게 난 꽤 오랫동안 잠수 중이었다. 혼자 헤엄치는 방법을 익힐 때까지. 어느새 1년이라는 시간이 흘렀고, 나는 혼자인 것에 완벽하게 적응했다. 연애는 무슨 연애. 혼자 있는 삶이 너무 편안하고 좋았다. 나만의 루틴. 나만의 방식. 나만의 휴식. 모든 게 다 '나'를 위한 것들이었다. 혼자 지내는 시간이 행복하고 소중해서 누가 들어오는 게 싫었다.

그때, 웅-. 웅-. 고요한 바닷속에서 작은 물결이 느껴졌다. 저 멀리 물고기 하나가 헤엄치고 있었다. 신경이 쓰였다. 그의 행동이, 그의 생각이 나와 너무 닮아서. 자꾸만 신경이 쓰였다. 어느새 나는 그의 주위를 맴돌고 있었다. 덜컥. 또 나는 좋아하는 감정이라는 걸 너무 쉽게 가져버리고 말았다. 가려는 마음을 멈추려 몇 번을 뒤돌았는지 모른다. 내 마음인데, 내 생각대로 되지 않는 게 말이 되나. 에라이. 모르겠다. 내 마음이 향하는 데로 가자. 나는 그냥 내 마음을 따라가기로 했다. 어디서 그런 용기가 나왔는지 알 수 없다. 그저 적극적으로 표현하고 싶었다. 허허. 그런데 이게 웬걸. 사랑은 타이밍이라고 했던가. 내가 좋아하는 사람이 나를 좋아하고 있을 확률이... 몇 프로라고 했더라. 아무튼 그 적은 확률이 맞아떨어졌다. 그렇게 나는 커플이 되었다. 커플. 커플이라니…. 단어부터 너무 생소하고 어색했다. 갑자기 너무 잘 되니 그가 수상하기도 하고. 괜히 이곳이 어항은 아닐까 싶어 재빨리 헤엄쳐보기도 했다. 그는 그런 나를 묵묵히 기다려줬다. 흐지부지 끝났던 이들과는 비교도 안 될 만큼, 그는 내게 확신을 주는 사람이었다. 상처라는 게, 참 신기하다. 사람 때문에 받은 건데도. 사람 덕분에 치유하게 된다.

그렇게 내 바닷속에도 봄이 찾아왔다. 겨울이 지나면 봄이 온다. 흩날리는 벚꽃을 보면, 그런 생각이 들곤 했었다. 저렇게 활짝 피면 금방 지고 말 텐데. 저들은 자신이 금방 진다는 사실을 알고 있을까. 내가 벚꽃

이라면 어차피 져버릴 거. 온 힘을 다해 피어나려 하지 않을 텐데. 얼마

전까지만 해도 그런 생각이 들었는데. 요즘은 자꾸 무모한 마음이 생긴

다. 언제 질지 그리고 언제 다시 필지 모르지만, 한껏 만개하는 벚꽃처

럼. '나도 만개해볼까.' 하는 그런 무모한 마음. 그런 마음이 나에게도

찾아왔다. 늦은 봄이었다.

여름

김다영

여름
사용
설명서

♬ Sufjan Stevens - Mystery of Love

나는 여름을 좋아한다. 친구들은 더위나 벌레 때문에 여름을 싫어하곤 하지만, 나는 여름이 사계절 중 가장 낭만적인 계절이라고 생각한다. 여름은 나에게 많은 감정들을 알려주곤 한다. 장마는 그리움의 냄새를 지니며 나에게 오고, 타들어 갈 것같이 뜨거운 더위를 피해 시원한 선풍기 앞에 앉으면, 학창 시절 나의 뜨거웠던 여름 방학들이 생각나곤 한다. 이렇게 여름을 사랑하는 내가 여름을 성공적으로 보내는 방법에 대해 말하고자 한다.

첫 번째, 친구들과 오전 운동하기.

준비물은 부지런한 친구들과 늦잠을 포기할 수 있는 나의 강한 의지이다. 오전 운동을 하면 매일 오전 비가 오길 바라는 마음으로 눈을 뜬다. 눈부시게 밝은 하늘을 보며 아쉬워할 틈도 없이 서둘러 세수와 양치를 하고 나가야 한다. 그래도 두껍고 무거운 옷을 입는 겨울과는 달리 여름은 티셔츠 한 장과 반바지 하나로 운동을 할 수 있으므로 빠르게 준비하고 나갈 수 있다. 가벼운 옷차림과 함께 이어폰으로 신나는 음악을 들으면서 뛰면, 그동안 나의 고민과 걱정들을 땀과 같이 흘려버리는 것 같은 기분을 느낄 수 있다. 나와 내 친구들은 항상 같은 지점에서 동시에 출발한다. 비록 동시에 출발하지만, 우리 셋은 다 각자의 속도로 공원을 뛴다. 앞서나가는 친구의 등을 보며 친구의 걸음걸이를 분석하는 소소한 재미도 느낄 수 있다. 가끔 살랑살랑 바람이라도 불면 입가의 미소는 더욱 커지곤 한다. 운동이 끝난 뒤 집에 가는 길에 얼음 가득한 아이스 아메리카노 한잔을 마시면 지금, 이 순간 내가 이 세상에서 가장 행복한 사람이 된 것처럼 기분이 상쾌해진다.

두 번째, 선풍기 앞에 앉아 여름에 관한 드라마, 영화 시청하기

준비물은 시원한 시청 환경이다. 여름이 되면 항상 여름에 관한 일본 드라마나 영화를 보는데, 드라마, 영화 속의 주인공이 친구들과 재밌고 설레는 여름을 보내는 것을 보며, 나의 이번 여름도 저렇게 재미있게 보낼 수 있을까? 라는 기대와 설렘을 가지곤 한다. 또한 더워하는 주인공을 보며 여름의 무더위를 직접적으로는 겪지 않으면서 온전히 느낄 수 있는 게 하나의 재미이다. 거기에 아이스크림 하나를 물며 보면 드라마를 더욱 재밌게 즐길 수 있다.

세 번째, 비빔면, 냉모밀 먹기

준비물은 많은 양의 소면과 넉넉한 위장이다. 너무 더워 입맛이 없어지는 여름을 즐기기 위해서는, 입맛을 돋게 하는 나만의 여름 음식을 찾는 것이 필요하다. 나에겐 그게 비빔면과 냉모밀이다. 여름 방학만 되면 1~2개월 내내 비빔면을 먹을 정도로 좋아한다. 비록 매번 소면 양 조절에 실패하지만, 큰 볼 안에 비빔면을 잔뜩 만들어 품에 안고 TV를 보면서 먹으면 천국이 따로 없다. 만드는 방법도 너무 쉬워서 소면만 삶으면 다 만든 거나 다름없다.

비빔면이 슬슬 질릴 때쯤 미소야에 가서 알밥+냉모밀 세트를 먹는다. 이미 고등학교 때 3달 내내 먹었던 나의 소울푸드 알밥과 냉모밀의 조합은 찰떡궁합이다. 혼자 먹었던 비빔면과는 달리 시원한 가게 내부에서 친구들과 이야기하면서 먹으면, 즐거움은 배가 된다.

네 번째, 오후 6:30~7:00에 산책하기

준비물은 이어폰과 튼튼한 운동화이다. 여름의 저녁 산책은 생각의 시간이다. 해가 저물기 직전 '너의 이름은'이나 '날씨의 아이' 등의 OST와 같은 차분한 노래를 들으며 혼자 산책하면, 머릿속에 가득 찬 생각들을 정리할 수 있다. 때로는 분홍색, 때로는 보라색 빛을 띠는 하늘을 보며 마음도 차분해지고, 이런저런 추억들도 생각난다. 중학교 1학년 때 조퇴하고 홀로 이른 시간에 집에 가던 날, 친구에게 만화책을 빌려줬다가 선생님께 들켜 만화책을 뺏긴 날, 고등학교 때 야자 후 빠삐코를 먹으며 운동장을 돌던 날. 이제는 돌아갈 수 없는 그 날들을 생각하며 맘껏 그리워하는 시간을 갖는다. 나무 냄새를 실컷 맡으며 학원에 가는 학생들도 보고, 반려견과 산책하는 사람들을 보며 다른 사람들은 여름을 어떻게 보내고 있을까? 라는 생각도 한다.

마지막으로, 두꺼운 이불 덮고 선풍기 틀기

준비물은 적당한 소음을 내는 최신식 선풍기이다. 겨울에 두꺼운 이불을 덮고 창문을 열어놓는 이유와 비슷하다. 어렸을 때 선풍기를 얼굴 쪽에 쐬면 죽는다는 이야기를 듣고 그 뒤로 24년동안 항상 발 쪽으로 선풍기를 돌리고 자곤 한다. 배탈이 나면 안 되니까 배는 따뜻하게 이불로 덮은 뒤 발과 다리만 꺼내어 시원함을 만끽한다. 평소에는 겁이 많아 항상 몸을 이불에 숨기는 편인데, 유일하게 여름의 더위만이 무서움을 이겨냈다. 다리가 서늘한 채로 눈을 감고 이런저런 상상도 해보다가 잠이 안 오면 눈을 떠본다. 눈을 뜨고 천장에 비치는 선풍기 그림자의 모양을 분석해보기도 한다. 또, 선풍기는 잠도 잘 오게 해준다. 평소에 잠을 잘 때 너무 조용하면 오히려 잠을 못 자는 편인데, 선풍기의 소음이 오히려 편안하게 잠들게 해주는 것 같다.

'여름' 하면 계곡과 시원한 수박을 떠올리던 예전과는 달리, 더욱 강력해진 더위와 길어진 여름에 많은 이들이 여름을 싫어하기 시작했다.

어느 여름날, 여름을 만끽하며 산책하고 있었다. 때마침 매미 소리가 들리기 시작했고, 시끄러운 매미 소리에 드디어 진정한 여름이 시작되었다고 느껴, 그 순간 너무나도 벅차올랐다. 벅차오른 마음으로 SNS에 여름이 제일 좋다며 사진과 함께 글을 올린 적이 있다. 조금 시간이 지나 해당 글을 본 친구가 "싸우자."라고 답장을 보냈다. (웃음) 길어지는 여름으로 많은 이들이 짜증도 나고, 지치겠지만, 내가 여름을 좋아하고, 매년 여름을 애타게 기다리는 것처럼, 앞으로 많은 사람이 나의 글을 읽고 나와 같은 마음으로 여름을 기다리면 좋을 것 같다. 모두가 여름의 더위, 장마, 습기, 벌레들을 이겨내어 성공적으로 기쁨만이 가득한 여름을 보낼 수 있기를.

김동규

눈(嫩)과
벽(闢)

♬ Leonnon Stella - Older Than I Am

아스팔트마저 전부 녹아내릴 것만 같은 무더위와, 온종일 머리 위에서 작열하는 태양. 커다란 가마솥에 갇힌 듯 흐르는 땀과 함께, 나도 모르게 저절로 눈살이 찌푸려지는 계절. 바야흐로 여름이다. 이맘때가 되면 선풍기나 에어컨 없이 산다는 건 생각조차 할 수 없다. 한여름 속의 내가 할 수 있는 유일한 것은, 그저 에어컨을 비롯한 과학기술의 발전에 무한한 찬사를 보내거나, 더위에 쓰러질 바에는 차라리 태풍이 들이치게 해 달라고 기도하는 것뿐이다. 폭염경보가 발령돼도 태풍이 한 번 지나가고 나면, 살인적인 더위도 잠시 주춤하게 되니까. 그래서 나는 태풍이 오는 날을 무척이나 좋아했고, 태풍과 함께 자라났다.

어릴 때의 나는 '태풍의 눈' 한가운데서 자랐다. 그곳은 하늘은 맑게 개어 있고 바람도 거의 불지 않는 무풍지대였다. 언제나 부모님께 사랑을 듬뿍 받고, 아무런 걱정거리 없이 뛰어놀 수 있었다. 일과도 정말 단순했다. 유치원에서 하원하고 나면 집 앞 마트에서 아이스크림 하나를 사 먹고, 지칠 때까지 놀다가 집에 들어가곤 했다. 그게 전부였다. 밖에서는 칼바람이 맹렬히 몰아치고 있었지만, 자칫 소용돌이에 휩쓸릴까 걱정하지 않아도 되었다. 그런데 시간이 지날수록, 태풍은 내가 자신의 한가운데에 있는 것을 허락하지 않았다. 언젠가부터 나는 태풍의 눈을 떠나 '벽' 쪽으로 몰리기 시작했다. 학생이라는 신분을 얻고 나서부터, 내게는 몇 가지 꼬리표가 따라붙었다. 진학, 학업, 성실. 아무리 발버둥 쳐 보아도 소용없었다. 학교가 끝나고 집에 돌아와서도 새벽까지 공부해야만 했다. 스스로 선택한 길이었지만 그 대가는 너무 가혹했다. 몇 날 며칠을 밤을 새우며 노력해도 꿈의 문턱은 너무나도 높아 보였다. 사회라는 시스템, 그 거대한 흐름 앞에서 나는 아무것도 할 수 없을 것 같았다. 태풍의 눈으로 돌아가는 길도 보이지 않았다. 그래도 포기할 수는 없었다. 무슨 일을 하더라도, 바람에 휩쓸리는 것만은 피하고 싶었다.

벽을 부수기로 했다. 그러면 태풍도 저절로 소멸할 테니, 완전히 눈 밖으로 나갈 수 있다고 생각했다. 온 힘을 다해서 벽을 두드렸다. 주먹에 멍이 들고 욱신거림이 그치지 않을 때까지 두드리는 것을 멈추지 않았다. 시간이 얼마나 지났을까, 사력을 다해 벽을 부수었건만 어느새 또 다른 벽이 내 앞을 가로막고 있었다. 몇 번이고 반복해도 계속 같은 일이 벌어졌다. 온갖 어려운 시험 문제들과 숙제들, 그리고 과제들이 내게 끊임없이 덤벼들어 왔다. 아무리 생각해도 물리적으로 탈출은 절대 불가능했다. 허탈한 마음이 들었다. 이 벽의 끝은 어디일지, 얼마나 더 노력해야 할지 감이 잡히지 않았다. 아무 생각 없이 인터넷으로 문제 검색을 하다가, 태풍에 관해 설명하고 있는 한 블로그를 봤다. 태풍의 벽은 태풍의 눈과 그 외부를 구분 짓는 역할을 하는데, 태풍은 시간이 지나며 약해짐에 따라 세력권을 유지하기 위해 보다 더 단단한 벽을 새로 만든다고 했다. 헌 벽을 새 벽으로 대체하는 데 성공하면, 태풍은 더욱 강해질 기회를 얻는다. 이 글을 읽고 나서야 비로소 눈이 뜨이는 듯했다. 벽은 필연적인 존재였다. 세상을 살아가며 누구나 한 번씩은 겪는 그런 아픔 중 하나였다.

어려운 시험 문제에 울었던 날들과, 생각만큼 일이 잘 풀리지 않아 좌절했던 날들은 정말 많이 아팠다. 모의고사 성적은 매번 요동치기를 멈추지 않았고, 머리를 싸매며 새벽까지 자기소개서를 쓰는 일도 잦았다. 커피를 매일 몇 잔씩 들이부어도 학교에서 졸기 일쑤였으며, 그럴 때마다 한 번도 졸았던 적이 없던 스스로가 미워지기도 했다. 하지만 나는 나를 미워해서는 안 되는 것이었다. 많이 아팠기에 주먹을 더 단련할 수 있었고, 다시 한번 일어서는 법을 배울 수 있었다. 벽을 부술 때마다 한 걸음 한 걸음 꿈을 향해 전진할 수 있었다. 벽을 부숴 온 것은 나를 보호하기 위한 행동이지 힘들어한다고 자신을 채찍질할 상황이 아니었다. 만약 내가 안전하기만 했던 태풍의 '눈'에서 벗어나 '벽'과의 싸움을 이어 나가지 못했다면, 지금의 나는 어땠을까. 그저 그런 눈엽(嫩葉)

으로 남아 있었을 터다. 겉이 말랑말랑한, 온실 속 화초의 조그마한 어린잎으로. 하지만 나는 벽과 끊임없이 마주했고, 그 끝에 새로운 세상으로의 개벽(開闢)을 목도할 수 있었다. 벽과의 사투 속에서 더 넓은 세계를 마주할 힘을 기를 수 있게 된 것이다. '나'라는 식물에게 벽은 따스한 햇살이자, 좋은 물이고, 나를 더 거칠게 몰아세워주는 바람이었다.

문득 도종환 시인의 <흔들리며 피는 꽃>이 떠오른다. 흔들리지 않고 피는 꽃은 없고, 젖지 않고 가는 삶도 없다. 당연하게도 고통은 누구나 싫어할 수밖에 없다. 그런데 모순적이게도 고통은 때로는 우리를 더 단단하게 만들어준다. 아프고, 슬픈 일은 한 사람을 무너뜨리기도 하지만, 반대로 살아갈 힘을 부여하기도 한다. 가슴이 찢어질 것처럼 아프고 슬퍼도, 견디다 보면 극복하지 못할 것 같았던 힘든 일을 이겨내는 날도 생긴다. 고통이 없었다면 내가 어떻게 자랄 수 있었을까. 고통이라는, '벽'이라는 필요악을 견

며낸 끝에 성장이라는 열매를 얻어낸 것이다. 그러니, 이제는 나를 미워하지도, 벽을 미워하지도 않겠다. 그저 우직한 사람이 되겠다. 꾸준히 벽과의 사투를 계속하는 사람이, 묵묵히 자신의 길을 개척해 나가는 사람이.

김민지

기억을 담은
소중함(函)

♬ 아이유 - 푸르던

선명한 햇빛은 세상의 채도를 높이는 물감이다. 강하게 내리쬐는 빛에, 우리는 손으로 그를 막거나 찌푸리며 애써 그를 외면한다. 태양은 지상의 온도를 높이고, 우리가 갖가지 것에서 짜증을 내도록 하고 있다. 여름이 되면, 그렇게 태양의 존재를 뼈저리게 느낀다. 바깥의 색이 바래지 않고 선명한 것만 봐도 알 수 있다. 그와 눈을 마주해 그만 진정하라고, 겨울처럼만 있어 달라고 말하고 싶은데, 온몸으로 그는 거부하고 있다. 조용히 강도만 높일 뿐.

나는 이런 여름이 싫다. 열기로 숨 막힐 듯한 공기가 싫고, 태양과 함께 시끄럽게 울어대는 매미 소리도 싫고, 몰려오는 벌레들도 싫다. 여름이 오기 전에 겨울을 소원하기도 한다. 계절은 다시 돌아온다는 사실을 뻔히 아는데도. 그래서 싫다. 안 봐도 비디오니까. 또 한바탕 비가 쏟아지고 밖은 텁텁해서 안 나가겠구나, 예측 아닌 예측을 할 테니까. 물론 여름이어서 좋은 점도 있을 것이다. 내 눈에 안 보일 뿐이지.

하지만 기억을 더듬으면, 유독 여름에 즐거웠던 적이 많은 것 같다.

가족끼리 어딘가로 놀러 간 때가 주로 여름이라서 그런가. 여행할 때면 물놀이를 하려고 말라 비틀어버린 튜브와 수영복을 가져가거나, 그 앞에서 캠핑을 하려고 텐트와 타프를 챙겼다. 바다, 아니면 계곡으로 가서 적어도 하루는 자고 갔다. 해마다 한 번은 그렇게 채비를 하고 여행했으니 익숙했고, 그만큼 재밌었다. 별다른 걱정 없이 놀았기에 더 신나기도 했고.

여행을 하면서 여름의 기억을 쌓은 것도 있으나, 사실 행복했던 기억의 절반은 교실이라는 '공간'에 있다. 1학기 기말고사 기간부터 방학이 되기 전까지의 시간과 함께. 조금만 더위를 느껴도 교실에서 에어컨을 틀었는데, 그 시기는 한여름일 때니까 온종일 틀고 있었다. 교실은 춥다 느낄 정도로 시원해서, 담요를 덮거나 외투를 입은 애들이 다수였다. 나는 교실의 그 시원함이 좋았다. 아무것도 하지 않고 그저 공부하거나 친구들과 놀고 있는 때인데, 이상하게 그 시원함이 감돌면 특별한 느낌이 들었다. 교실은 안온함 그 자체였으니까. 바깥과 전혀 다른 공기에, 문을 죄다 닫아 시끄럽지 않고 편안한 분위기. 이것만으로 나는 아무것도 하지 않은 채 행복을 얻을 수 있었다. 에어컨 바람 소리만 들리는 공간에서 일어나는 일을, 괜스레 잔잔하게 느껴서 그랬을까. 그때 처음 알기도 했다. 흔한 공간에서 잊지 못할 순간을 만들 수 있다는 것을. 여름을 떠올리면 그 교실의 분위기가 가장 먼저 생각나는 이유다.

어릴 때는 여름을 그냥 사계절 중 하나로 생각했었다. 시간이 지날수록 나에게 주는 고통을 알아갔기에, '싫은 계절'이라는 꼬리표를 붙였고. 그러면서 추억은 여름에 쌓았다. 나에게 여름은 그렇다. 지긋하고 싫으면서, 꼭 소중한 기억 하나쯤은 달고 있는 계절. 싫은 계절에서 하는 것은 뭐든 싫게 될 줄 알았는데 아니었다. 온갖 것들이 나를 방해할 때는 잠깐 계절이 미웠으나, 시간이 흘러 그 미움은 무뎌졌다. 추억을 쌓을 만큼 충분히 재미있었다면, 계절이 뭐든 상관하지 않았으니까. 중요한 건 바탕이 아니라 그를 채운 색이니까.

싫음이 바탕이지만, 소중함이라는 색이 숨어 있는 기억. 여름이 이토록 지긋지긋하지만, 지금은 그러한 기억을 회상할 수 있는 유일한 계절이 돼 버렸다. 묘하다. 분명히 싫은데, 고맙다. 계절마다 선명한 기억이 있는데, 그게 특히 여름에 많다는 게 고맙다. 그래도 추억을 피우며 웃을 수 있는 순간을 만들어주니까. 마치 깨진 조개에서 피어난 진주처럼, 여름에 만든 추억은 그 선명함 덕분에 귀중하게 되었다. 그래서 여름은 싫지만, 소중한 기억을 담은 상자(函) 같다. 추억이 깃든 물건을 상자에 넣어서 보관하는 것처럼, 계절도 그러하다. 계절이라는 상자를 열면, 그때의 추억을 꺼내서 볼 수 있다. 다른 계절은 몰라도, 여름만큼 머릿속에 오래 남는 기억을 가지고 있는 계절은 없는 듯하다. 고만고만한 것이 아닌, 두고두고 회상할 수 있는 것. 이것이 내가 여름을 싫어해도 싫어할 수 없는 이유다.

김효진

여름이니까,
여름이었다

♫ Middle School - How to Say Sorry

여름이었다.

장난스러운 말 한마디에 가슴이 두근거린다. 연하고 부드러운 봄꽃은 지고, 선명한 색채의 화려한 여름꽃이 피어나는 여름. 새파란 바다 위로 찬란한 물비늘이 드리우는 여름. 햇살을 닮아 따사로운 웃음이 어울리는 여름.

여름을 연상시키는 조각들은 하나하나가 전부 아름답기 그지없다. 여름은 늘 소리도 없이 고요히, 그러나 빠르게 우리를 찾아온다. 봄이 온 지 얼마 지나지 않은 것 같은데 어느새 날이 무더워졌다. 한낮의 기온이 높아지고, 해는 점점 천천히 지며, 반소매와 반바지 없이는 외출을 할 수 없는 계절. 눈 깜짝할 새에 여름이라니. 계절을 따라가는 발걸음이 늘 느린 나로서는 당혹스러우리만치 놀라운 일이었다. 봄의 변덕스러운 일교차에 겨우겨우 적응했다고 생각했는데, 이제는 열대야를 대비해야 하게 생겼다. 찌는 듯이 후덥지근한, 잠 못 이룰 여름밤을 생각하니 조금 걱정스러우면서도, 여름을 맞아 갖가지 여행과 축제를 신나게 즐길 생각을 하면 벌써부터 마음속으로 은근히 기대가 된다.

여름이라는 계절만큼 낭만과 현실이 동시에 존재하는 계절은 없을 것이다. 냉정하게 생각해보면, 여름의 7할은 살인적인 불볕더위이고, 2할은 주구장창 비만 내리는 장마, 나머지 1할은 매미를 비롯한 온갖 벌레들이 차지한다. 이것이 여름의 현실이다. 이런 계절에 낭만이라니? 낭만은커녕 매일매일 짜증을 내지 않는 게 더 용한 계절인 것 같아 보인다. 하지만 그럼에도 여름은 많은 이들에게 낭만의 계절이다.

다른 계절일 때, 특히 추운 겨울날에 여름을 떠올리면 무엇이 생각나는가? 새하얀 모래가 펼쳐진 해변에서의 휴가, 친구들과 정신없이 즐기는 축제, 비 내리는 오후 버스에서 홀로 이어폰을 끼고 음악을 듣는 일상까지. 더위를 싫어하는 사람들도 여름이 지닌 낭만만큼은 차마 외면하지 못할 것이다. 막상 여름을 피부 앞으로 대면하고 나니, 그 낭만들이 환상에 불과했음을 절실히 깨달을지라도 말이다. 이른바 '기억 조작'이 가장 심한 계절이 바로 여름이지 않나 싶다.

이런 여름의 모순을 재미있게 짚어낸 유행어가 있다. '여름이었다'. 그 어떤 엉터리 말을 하더라도 이 문장만 끝에 붙여주면 그럴싸한 감성 문구가 된다는 우스갯소리에서 시작된 유행어이자, 놀라운 마법의 문장이다. 어제 과제를 하느라 밤을 꼬박 새웠다고 하소연하는 글도, 끝에 '여름이었다'를 붙이면 순식간에 청춘 드라마로 변모한다. '여름'이라는 단어가 연상시키는 무궁무진한 낭만과 행복 때문일까? 어쩌면 '-었-'이라는 과거 시제 어미가 보는 이로 하여금 상상력을 자극하기 때문일지도 모르겠다.

'여름이었다'라는 문장 자체는 짧지만, 그것이 주는 여운은 우리의 마음속을 깊숙이 파고든다. 때로는 한여름의 청량함으로, 때로는 축축한 여름 장마의 우울감으로, 누군가에게는 행복한 사랑의 시작점으로, 누군가에게는 가슴 아픈 짧은 첫사랑으로. 내용의 흐름에 따라서, 혹은 보는 이의 과거 경험이나 현재 감정에 따라 가지각색의 의미로 다가오는 것이다.

아무리 터무니없는 글이라도 '여름이었다'만 붙이면 감성적이고 문학적인 글이 되는 것처럼, 인생도 그러하면 얼마나 좋을까. 만약 그럴 수만 있다면 나는 언제나 '여름이었다'를 남발하는 사람이 되었으리라. 간단한 문장 하나로 삶을 소설처럼 바꿀 수는 없겠지만, 가끔은 우리의 인생에 '여름이었다'를 붙여주어 보는 건 어떨까? 힘들고 슬픈 일이 있을 때, 아무 이유 없이 불안하고 우울할 때, '여름이니까' 괜찮다고 자신에게 말해주는 것이다. 이건 유쾌하게 우울을 털어낼 수 있는 나만의 방법 중 하나이다.

어느 여름날, 하늘이 무너진 것 마냥 세차게 쏟아지던 장맛비를 마주한 적이 있다. 당시 나에게는 우산은커녕 몸을 가릴만한 것도 마땅

치 않았다. 우산을 구하거나, 누군가를 기다릴 수도 없었다. 도저히 뚫고 지나갈 수 없어 보이는 세찬 빗방울 앞에서 나는 한없이 무력했다. 나는 하는 수 없이 안경을 벗고, 주머니에 쑤셔넣었다. 그리고는 비를 맞으며 버스 정류장으로 뛰어갔다. 하지만 눈앞에서 배차 간격이 매우 긴, 집으로 향하는 유일한 버스를 놓쳤고, 멍하니 버스 정류장에 남게 되었다.

별것 아닌 것 같지만, 그때의 나는 그 상황이 너무 서러웠다. 나는 버스를 기다리는 것을 포기하고, 비를 맞으며 집으로 걸어갔다. 뭐가 그렇게 서러웠는지, 눈물을 펑펑 흘리면서. 비 맞으며 걸어가는 나를 바라보는 시선들이 부끄러웠다. 집까지 걸어가는 길에, 많은 생각을 했다. 이미 젖을 만큼 젖고 나니 비는 더 이상 두려움의 대상이 아니었다. 처음에는 마냥 슬프고 우울했는데, 점점 생각해보니 지금 내 모습이 마치 소설 속의 주인공 같다는 우스운 생각이 들었다. 비, 재즈, 나무가 등장하는 낭만적인 소설 속의 여름. 재밌게도, 그렇게 생각하니까 정말 기분이 점점 나아졌다. 방금까지는 무척이나 서러웠던 현실이, '여름이었다'로 마무리되는 소설의 한 아련한 에피소드처럼 느껴졌던 것이다.

지금 떠올려보면 정말 그때의 일이 소설 속 일처럼 낭만적이었다는 생각이 든다. 기억 조작이라고 손가락질해도 할 말은 없지만. 무더운 여름도 기억 조작을 일삼는데 나라고 해서 못할 건 없다. 살인적인 햇볕과 더위는 따사로운 오후에 내리쬐는 나른한 햇빛으로, 온몸이 축축해지는 습한 장마는 피아노 선율처럼 감미로운 빗방울 소리와 상쾌한 비 냄새로, 끔찍한 벌레들의 공격은 잔잔한 풀벌레 소리로. 고통만 곱씹기에 삶은 너무나도 짧다. 아픈 기억은 빠르게 잊어버리고, 여름의 낭만을 닮은 아름다운 기억들은 오래오래 남겨두도록 하자. 당장은 힘겹더라도, 구름이 비로 녹아내려 맑은 하늘을 만들듯이, 이 또한 필히 지나가리라.

여름이니까.

남궁설

바다는
비에 젖지않아

♬ 데이먼스 이어 - AUBURN

짝사랑. 아련하고도 애틋한 단어다. 누구에게나 따뜻한 봄바람을 불러일으키는 말이다.

그리고 더없이 큰 파도와 같다. 사랑이 파도처럼 밀려온다는 것이 아니다. 내가 파도가 된다. 부딪히고 무너지고 깨부순다. 폐부에서부터 낭자한 박동을 숨기지 못한다. 끝내 파도에 잠식된다. 공연하고도 무람한 나의 짝사랑이었다.

꽃다운? 아니. 새순이 돋지도 않은 열일곱인 나의 눈을 얇디얇은 흰 천으로 가리는 것은 위험했다. 그리고 위태했다. 흐릿하고도 하얀 희망의 빛을 향해 나아가는 것은 나에게는 더 없는 공포였다. 그와 동시에 희열이었다. 매일매일 부딪히고 깨지는 마음을 견딜 수 없었다. 결말은 뻔했다. 하지만 어렸던 나는 그 흰 빛을 놓지 못했다. 닿아도 죽었고, 닿지 못해도 죽었다. 필사적으로 가로등을 향해 뛰어드는 불나방같이. 기꺼이 아스러지고 마는 것이었다.

어렸던 나에게 짝사랑이란 동경의 존재이자 두려움의 대상이었다. 유영하던 물살은 더 이상 안전하지 않았다. 장마전선에 갇힌 나비처럼 날갯짓 한 번을 못하는 나였다. 다가가는 한 걸음 한 걸음, 빗물에 미끄러질세라 발끝에 겨우 힘을 주었다. 당신의 웃음 한 번에 장마에 뛰어든 마냥 욱신거렸다. 정신을 차리지 못하는 사이, 또 한 번 가녀린 손길에 이끌려 속절없이 흔들렸다. 실로 잔인했다. 채 한 달이 안 되는 시간이었다. 그렇기에 더욱 무서웠다. 누군가를 사랑하는 나는 파도가 아닌 빗방울에도 휩쓸릴 모래 같은 존재라는 것을 깨달은 나였기에.

가슴이 데인 듯 뜨거웠다. 매일 밤 짝사랑에 관련된 노래를 들었다. 음악의 힘이란 대단했다. 멜로디 하나에 몇 번이고 펜을 들게 만들다니. 마음을 전한다는 게 이렇게 두려운 일인지 몰랐다. 치기 어린 사랑이 이렇게 아플 일일지도 몰랐다. 나의 하나뿐인 유일한 여한은 너였다.

투명한 우산에 떨어지는 빗방울에 두 개의 초점이 겹쳤다. 올해 처음 장맛비가 내리는 날이었다. 거세진 비를 피하려고 잠시 들린 처마에는 우리 둘밖에 없었다. 실내에서 듣는 빗소리는 더욱 고막을 막막하게 만들었다. 주변이 빗소리에 먹혀 세상에 더욱 둘만 남은 기분이었다.

마음을 전하는 것은 어렵지 않았다. 몇 번이고 되새겼으니. 단지 부끄러워 입 안에 숨어있는 그 말을 끄집어내는 데까지 꽤나 시간이 걸렸다. 빗방울이 더욱 거세졌다. 그리고 정적이 꽤나 길었다. 사실 무슨 말로 시작했는지는 기억나지 않았다. 단지 요즘 내 마음이 파도와 같다는 횡설수설하는 말이었다. 돌아오는 대답은 확실히 기억난다. 바다는 비에 젖지 않는다는 말과 함께 보이는 미안하다는 눈빛이었다. 그 아이는 내 손에 우산을 쥐여주고 더욱 거세진 비에 몸을 던졌다. 끝내 동공에 뻗친 한 점은 길어지더니 이내 서성거리다 사라졌다. 처음 겪는 시련이었다. 파도를 타고 놀던 아이가 겨우 장맛비에 여름 내내 앓아누웠다. 장맛비에도 부서지는 파도의 군락을 쉬이 본 대가였다.

하필이면 그날은 꿈을 꾸었다. 그 아이와 함께 모래사장을 거닐던 꿈이었다. 아, 파도는 그리 높지 않았다. 그저 넘실거리듯 춤추며 우리를 훔쳐보고 있었겠지. 손을 잡았는지는 모르겠다. 너의 얼굴을 보느라 바빴던 것 같다. 순간 날아간 밀짚모자를 잡으려 고개를 들었을 즈음, 내리쬐는 햇빛에 빛나던 너의 갈색 머리칼이 눈동자에 비쳤다. 그리고 너의 휘어진 눈꼬리로 시선이 이동했을 때쯤, 꿈에서 깼다. 먹구름으로 드리운 어두운 방안에서 펑펑 울었던 것 같다.

그해 여름 가장 장마가 거센 날이었다. 울다 자다 시간이 얼나 지났는지 모를 때쯤, 다시 날이 어두워졌다. 하릴없이 몰아치는 아픔에 두려워 눈을 질끈 감았다. 이렇게 아플 거면 시작하지도 말 걸 몇 번이고 후회했다. 그리 쉽게 되지 않는다는 것을 누구보다 잘 알고 있었음에도.

여름밤, 짙게 내리던 장맛비가 파도를 더욱 몰아쳤다.

서윤희

우리
이 여름을
만끽하자

♫ 백예린 - Bunny

여름만큼 자신을 뽐내는 계절은 없으니까. 그만큼 나의 모든 것을 들춰내는 계절 또한 없으니까. 사계절이 존재하는 것에 감사할 뿐이야. 마음껏 사랑하고 마음껏 슬퍼해도 되는 계절. 마치 여행을 떠나는 기분이 들어. 어찌 보면 그동안 날 너무 숨겨왔던 건 아닌지, 어깨까지 조금씩 짧아지는 소매와 맨살에 닿는 살랑대는 바람.

난 그냥, 얇아지는 계절이 함부로 나의 마음까지 드러낼까 봐 무서웠던 건 아니었을까.

오늘은 오랜만에 하천 근처를 유유히 걸어봤어. 걷는 걸 좋아한다고 말하면서, 시간을 내야만 산책을 하는 하루라니 스스로가 참 안쓰럽더라! 날파리가 휘몰아치는 광경을 보면, 하루만 산다던 하루살이가 온전히 하루를 만끽하려 이곳저곳 쏘다니는 걸 보면. 저들의 하루와 견줄 나의 평생의 삶은 어떤 원형을 그리고 있는지 돌아보게 돼.

가끔은 저들의 삶처럼 온 힘을 다해 쏘다니겠다고 다짐했어. 그리고 가끔은 바람에 몸을 맡기고 자리를 지키는 나무가 되겠다고도 다짐했지. 초록 잎이 세상을 지배하는 계절이 얼마나 아름다운지 알고 있니? 가만히 그 광경을 보고 있으면 내 눈이 편안해짐을 느껴. 동시에 내 마음도, 정신도 온통 초록빛으로 물들고 있음을 느끼지. 그 향기는 얼마나 코끝을 간지럽히는지-.

아빠는 자주 과일을 손에 쥐고 퇴근하셨어. 까마득한 어릴 때부터였으니까. 벌써 20년도 넘은 세월이지. 중간중간 그 여정엔 통닭도 껴 있었고, 내가 좋아하는 과자 꾸러미와 아이스크림도 있었어. 그중 내가 가장 좋아한 건 과일이었지 아마. 저마다 선명한 색을 뽐내며 자랑하고 있는 탐스러운 과일들.

난 계절이 바뀌는 시기를 날씨나 옷차림이 아닌 아빠의 손에 쥐어져 있는 과일로 체감했었어. 어느 날은 참외가 그 신호탄이 되기도 했고 또 다른 날은 복숭아, 자두를 보며 벌써 여름이 왔어? 하며 혼자 감탄하기도 했지. 분기를 넘겨 딸기 바구니를 들고 오시는 아빠를 보면서 양팔 벌려 그를 안고 딸기 향을 온전히 만끽하기도 했어. 곧 눈이 오겠구나, 내가 사랑하는 계절이 머지않았구나. 이렇게 혼자서 상상의 나래를 펼치기도 했어.

여름을 좋아하게 된 지는 얼마 안 됐어. 이 계절을 마냥 덥고 습한 계절로만 여겼는데. 호기심에 눈을 뜬 어린아이처럼, 여름의 매력에 푹 빠진 거 있지. 왜일까. 난 운명처럼 다가오는 사랑을 믿지 않아. 단순히 소설 속에만 존재하는 이야기라고 생각하거든. 운명이란 건 아름다운 게 아니라 아픈 거라고 생각하니까. 근데, 정말이지 운명처럼 여름을 좋아하게 됐어.

올해 맞이할 여름이 너무 기대돼. 우리가 더 가까워질 거라고 믿어. 세상이 온통 자신들을 뽐내고 있잖아. 그 속에서 내가 하는 모든 일들이 자연스럽게 느껴질 거라는 묘한 확신이 있어. 내가 무슨 말을 하고 어떤 일을 해도 이상하게 보이지 않을 거라는 기대. 그래서 조금은 과감해질 수 있겠다고. 이 계절만큼은 나의 선명도가 한층 높아지겠다고. 해상도를 밝히는 일처럼, 투명한 나의 모습을 기대해도 좋다고.

"우리 이 여름을 만끽하자"라는 말이 내가 얼마나 용기를 내서 하는 말인지 느끼겠니? 과감히 그 속에 뛰어들겠다는 말이야. 그래서 여름이 끝나도 난 아쉽지 않을 것 같아. 다음이 있으니까.

우리 오래도록 이 여름을 만끽해 보자.

정유리

미성숙한 해방감에
끊임없이 의존했고
그것이 올곧은 사랑이라고 여겼다

♬ Orangestar - Sunflower

감당할 수 있는 기괴함은 곧 사랑스러움이 된다.

여름, 발음하는 것만으로도 입 안이 후텁지근해지는 이 계절을 지켜
보자면 더욱 그렇다.

언젠가 인터넷에서 그런 글을 본 적이 있다. 선풍기로 인해 시원해지
는 건 단지 팬이 돌아가며 시원한 바람을 일으켜서가 아니라, 사실은 선
풍기의 바람이 체온으로 데워진 몸 주변의 공기를 흩어주고 그 흩어진
자리를 덜 데워진 공기가 채우게 되어 시원한 느낌이 드는 거라고. 그
글을 읽고 난 후의 나는 단지 그렇구나, 하고 고개를 끄덕이며 선풍기
를 껐다. 기상캐스터는 오늘 기온도 30℃를 웃돌 테니 건강 관리에 유
의하라는 상투적인 말을 건네고 있었다.

여름은 내게 신성함을 끝없이 선물해 준다. 내가 더듬어 짚어 본 추억
속에 반듯하게 서 있는 모든 것은 전부 여름의 산물이었다. 채도 높은
햇빛에 만물은 선명해지고, 이때쯤 함께 만든 추억은 다른 어느 기억보

다 높은 해상도의 그것이 된다. 나를 둘러싸는 공기가 따스해져 감을 통해 나는 나의 생존을 부정하지 않게 된다. 비가 끈적하게 내리는 날에도 사랑은 이어진다.

살갗이 따뜻함을 넘어 뜨거워져도 신체는 항상성을 유지하므로, 기온이 얼마나 오르든 우리의 체온은 대체로 일정하다. 그렇기에 나는 살이 타기 직전, 뜨끈하다 못해 따가워지는 것을 손등으로 살살 문질러 가며 다시 여름이 왔음을 천천히 깨달아 알고 기뻐할 수 있다. 힘껏 들이마신 공기의 눅진함이 폐부를 잔뜩 쓰다듬을 적에야 따스함이 내 안 가득 살아 있음에 안심할 수 있다. 후텁지근한 공기를 겨우 뱉어내고 그 뜨거움을 더듬어 알아야만 내가 땅에 두 발 딛고 선 존재임을 납득할 수 있다.

이 모든 감각은 내가 여름이라는 찰나의 계절을 일종의 도피처로 여기는 데 일조하였다. 이글거리는 모든 것에 시각을 빼앗기고, 맴맴 울어대는 것에 청각을 빼앗기고, 피부 위를 기어 다니는 끈적함에 촉각을 빼앗기고 나면 신체와 정신이 하나라는 일원론적 사고에서 비로소 자유로워진다. 신체를 여름에 맡기고, 정신으로서의 나만이 거리를 활보한다. 이 해방감을 신봉하지는 않았으나, 어느 정도 의존하고 있음을 알았을 때부터 나는 나의 이름과 여름의 초성이 같다는 얄팍한 관계성을 집요하게 파고들었었다.

　이런 의존은 참으로 우스운 것이다. 나의 해방은 立夏(입하)에 시작되어 夏至(하지)에 절정을 맞고, 立秋(입추)가 되기 며칠 전부터 늦은 장마와 함께 불완전하게 씻겨 내려간다.외로움을 달래주던 극도의 따뜻함과 눅진함이 미지근하게 식은 채로 얼룩덜룩 묻어 있는 내 마음은 꼭 그러한 방식으로 다른 모든 것을 사랑하였다. 의존하지 않고서는 사랑할 수 없을 거라 믿은 셈이다. 연락하기 위해 쉽게 밤낮을 바꾸고, 상대의 잠들었다는 말을 단순히 나와 이야기하기 싫어 꺼내 든 값싼 핑계로 치부하고, 나의 모든 선택의 우선순위에 상대의 입장을 두었다. 괜찮다고 말해주는 그것, 그 따스함을 오래 유지하기 위해 한순간도 떨어져서는 안 되겠다고 말하였다. 상대가 여전히 나를 사랑하고 있더라도, 그 모든 태도가 처음과 같지 않다면 나는 항상 애원하기에 이르렀었다. 이런 의존은 참으로 우스운 것이다. 시간은 흐르고 사람은 변하지만, 변하지 않는 여름으로부터 사랑을 배운 나는 사람의 사랑을 좀처럼 잘 해내지 못하였다.

요즈음에도 얼룩덜룩한 나의 사랑은 이어지고 있다. 이상한(대체로 의존이라고 불렀던 그런 종류의) 말을 하지 않겠다고 하루가 멀다고 선언하는 나와 그런 건 상관없다고 말하는 상대 사이에서 오랫동안 무언가 이루어지고 있다. 이것은, 열정으로만 가득했던 처음의 사랑에서부터 아득히 멀어진 지금, 더 멀어질 미래를 기대할 수 있게끔 하는 관계이다. 다시금 생각해 보면 이런 불안정성을 띠고 있는 인간의 사랑이야말로 불완전성을 가진 여름의 해방과 유사한 것처럼 보이기도 한다. 立秋를 안고 있는 8월이 오면, 못 떠난 늦여름을 부여잡고 괜히 눈물로 날을 보냈지만, 여름은 다시 돌아오기에 비로소 기적일 테다. 지금의 인간적인 사랑에도 언제 立秋가 올는지 모르나 무기력한 대처일지언정 나는 다만 내 옆을 또 지켜주러 온 立夏를 잠자코 기다릴 뿐이겠다.

푹 익은 노을이 천구를 뒤덮을 때, 주홍색으로 물들어가는 어두운 방 안에 홀로 있어도 외로움을 느끼지 않음은 여름이라는 계절이 우리를 홀리기 위해 선택한 계략임에 분명하다. 이 때마다 나는 Orangestar의 <Sunflower>라는 노래를 듣는다. 따스함 너머의 눅진함을 잘 풀어낸 이 곡은, 여름이 일몰 시각에 맞춰 숨겨놓았던 계략을 우리가 찾아낼 수 있도록 해준다.

황민서

아이스크림
추락 사고

♫ 권진아 - 위로

뭐랄까. 뜨거운 여름날 녹아내려 바닥으로 떨어져 버리고 마는 아이스크림의 죽음을 목격한 것 같다. 원치 않는 추락이었을 게다. 그러게 왜 녹아 버린 거니. 잘 붙들고 있었어야지. 하긴 네 잘못은 아닌 것 같아. 그럼 뜨거운 여름 탓일까. 부주의한 주인의 탓일까. 잘잘못을 따지고 있는 사이에, 아이스크림은 태초의 모습이었던 그 민낯으로 돌아간다…. 돌아갔다. 이게 다 여름 때문이다. 아이스크림이 녹는 것을 눈치채지 못할 만큼 뜨거운 여름 때문이다. 나는 그 죽음의 목격자다. 피해자는 하얀 소프트아이스크림. 너무 하얘서 더 금방 더러워지는. 그런 하얗고 순수한 소프트아이스크림. 어디로 추락할지 몰라 힘겹게 손끝에 매달린 모습이 안쓰럽더라. 해소되지 못한 마음이 녹아내려 또다시 추락한다. 다시 얼어붙을 수도 없는 바닥으로.

'툭… 투둑–'

나는 감정을 인식하는 것이 어렵다. 그래서 감정을 판단하기까지 무수히 많은 질문을 던지며, 어떤 상황이 나를 힘들게 하는지 분석한다. 분석이 끝나면 상황을 해결하고 감정을 다스리려고 한다. 근데 그 객관적인 분석이 안 되는 사람들이 있다. 바로 내 바운더리(boundary) 안에 있는 이들. 내 바운더리는 아주 좁고 깊다. 나만의 기준이 명확해서 들어오기도 힘들뿐더러, 들어오기까지 오랜 시간이 걸린다. 그러나 한번 들어오고 나면, 말 그대로 내 인생의 '최애'가 된다. 덕질을 한다고 해야 하나...? 여하간 덕질이랑 비슷한 개념이라고 해두자. 내 바운더리 속 사람과의 관계에서는 감정 판단이 너무 어렵다. 괜한 오해로 감정을 판단해, 관계가 깨져버리는 건 아닐까. 내가 준 만큼 받기를 원하는 이기적인 마음이 들면 어떡하나. 깊은 고민의 수렁에 빠져버리고 만다. 난 그들과의 관계에서 어떤 조그마한 흠도 남기고 싶지 않았다. 가공되지 않은 내 민낯의 감정을 내비치는 것이 두렵기 때문이다. 그중 절대로 보이고 싶지 않은 것이 있다. '서운함'. 화를 내기도 말을 하기도 애매한 서운함이 있다. 이 감정은 아무에게나 드는 것이 아니다. 바운더리 안에 있는 이들에게만 드는 희귀한 감정이다. 그래서 서운하다는 감정을 빠르게 관찰해 파악하기가 어렵다. 거기에 사랑이라는 배경이 깔리게 되면, 이건 수습 불가다. 파악이고 나발이고 속상하기만 하다. 밉다가도 보고 싶고, 싫다가도 좋아지는. 허, 참 이런 역설도 없다. 이렇게 되면, 논리적으로 설명되지 않는 양가감정이 존재하게 된다.

'삐릭-'

이번에도 분석 실패다.

말을 해야 할까. 하지 말까. 괜히 말했다가 싸우면 어떡해. 그래도 말을 해야 알지. 복잡한 내 모습이 그의 시선에 닿았다. 달라진 나의 말투와 행동에 기분이 상할 만도 한데. 그는 차분히 내 손을 잡아 주었다. 얼마든지 기다릴 수 있으니, 말하고 싶을 때 천천히 말해달라고. 그렇게 말했다. 스르륵. 서운함 옆자리에 한 송이의 꽃이 피었다. 서두르려 하지 않는 그의 모습에 위안이 되었다. 3일 뒤, 나는 눈을 꽉 감고 용기를 내서 말을 뱉었다. 맙소사. 말의 마침표를 찍어갈 때쯤, 그의 손이 내

어깨를 감싸 안으며 말했다. 서운하게 해서 미안해. 어라?

　제법 영화에서 나올 법한 결말에 조금은 흠칫 놀랐다. 그날 이후, 우린 더 가까워졌다. 말하고 나니 기분이 좋았다. 마치 더운 여름날, 샤워를 끝내고 선풍기 앞에서 수박을 먹는 기분이랄까. 시원하고 달콤한… 그런 기분.

　아이스크림 추락 사고의 결말은 해피엔딩이었다. 생각해 보니, 아이스크림은 원래 녹는다. 더운 여름이 아니더라도. 밖에 놔두면 알아서 녹는다. 아이스크림은 액체 상태를 그대로 얼린 것이 아니던가. 액체가 흐르는 것은 당연하다. 그저 각박한 추위 속에 잠시 얼려져 있었을 뿐이다. 그러니, 녹는 건 나쁜 게 아니다. 얼기 위해선 녹은 과정도 필요한 법이다. 이제는 녹은 마음을 모른 체하지 말아야겠다. 이게 다 여름 덕분이다. 마음이 더 빠르게 달궈져 버릴 만큼 뜨거운 여름 덕분이다.

(PS. 어어…. 흐른다 흘러. 할짝할짝. 서운함이 흐를 때는 얼른 핥아먹고 말을 꺼내 보자.)

3부 어느 여름날은 '히사이시 조'의 <어느 여름날>
노래를 주제로 한 여덟 명의 글입니다.

어느 여름날

김다영

민들레
씨앗

카페에서 시험공부를 하던 어느 날, 공부도 손에 잡히지 않고 지브리 노래를 들으며 그저 멍하니 창밖을 보고 있었다. 창밖으로 지나가는 사람들을 보면서 그저 나의 우울감을 달래고 있던 찰나에, 갑자기 친구가 나타나 "다영아 얼른 불어!!!"라고 말하며 민들레 씨앗을 내 얼굴에 갖다 대었다. 얼떨결에 민들레 씨앗을 불었고, 부는 순간 민들레 씨앗과 나의 우울감이 바람과 함께 날아갔다.

민들레 씨앗이 제각각 다른 곳으로 날아가는 걸 보며, 문득 '마녀 배달부 키키'라는 영화가 생각났다. 마녀는 일정 나이가 되면 부모를 떠나 독립해야 하는데, 키키 또한 친구들, 가족, 사랑하는 집을 떠나 새로운 정착지를 찾아 나선다. 처음에는 무슨 일을 해야 할지 몰라 이리저리 방황하던 키키는, 배달해주는 일을 택하며 서서히 마을에 적응해나간다. 하나의 꽃에서 여러 갈래로 흩어지는 민들레 씨앗이, 마치 키키의 독립을 생각나게 했다.

20살이 되어 이 영화를 봤을 때, 키키와 내가 아주 닮았다는 생각이 들었다. 20살이 되어 누군가의 도움 없이 스스로 모든 일들을 해내야 했던 내 모습과, 어느덧 24살이 되어 학교라는 울타리를 벗어나 새로운 일을 찾아 나가는 지금의 모습과 많이 닮았다고 생각한다. 20살이 되어 방황하고 있을 때 점차 성장하는 키키를 보며 큰 힘을 얻었었다. 마치 "이 세상에 방황하고 있는 건 너 혼자가 아니야."라는 느낌을 받을 수 있었다. 20살 이후로 방황을 더 이상 안 할 것 같았던 나는, 여전히 방황하고 있다. 어쩌면 앞으로도 매 순간 방황하고 있을지도 모른다. 하지만 빗자루 하나만 들고 무작정 새로운 집을 찾던 키키조차도, 결국 자기의 능력을 활용하여 잘 정착하게 된다. 좋게 생각하면 키키보다 더 나은 상황에 놓인 내가, 두려워할 것이 뭐가 있을까. 가끔은 흩날리는 민들레 씨앗처럼, 인생이 그저 흘러가는 대로 살아볼 필요가 있는 것 같다.

어느 여름날의 배경인 '센과 치히로'에서도 마찬가지다. 돼지로 변해버린 부모님을 떠나 홀로 낯설고 이상한 마을에서 센은 홀로 살아남아야만 했다. 힘들게 온천장에서 일하며 때로는 악취 나는 신도 씻기고, 때로는 거대한 귀신으로부터 쫓기기도 한다. 수많은 고난이 있었지만, 센은 항상 자신만의 방법으로 일을 해결하려고 했으며, 절대 포기하지도, 도망치지도 않았다. 하나하나 해결해나가다 보니, 어느새 센은 친구의 이름도 찾아주고, 훔친 도장도 제니바에게 돌려주며, 모든 것을 해결한 뒤 마침내 부모님과 함께 집으로 돌아가게 된다.

살다 보면 가끔 할 일이 너무 많아 마치 내가 그 아래에 깔린 것처럼 괴로울 때가 있다. 오늘 하루도 막막한데, 내일도 막막하고, 다음 주도 막막한... 까맣고 끝도 없는 터널을 터벅터벅 걷는 것처럼 느껴질 때가 있다. 그럴 때마다 스스로 최면을 건다. "지금 당장 코앞에 닥친 일 하나만 끝낸다고 생각하자." 오직 한 가지 일에만 집중해서 서둘러 끝내고, 그렇게 하나하나 해내다 보면, 어느새 수많은 일들이 끝이 나 있다.

앞으로의 삶에서도 마냥 기쁘고 행복한 일만 있진 않을 것이다. 또다시 센과 키키처럼, 모든 게 버겁고 힘들 때도 있겠지. 하지만, 언젠가 키키와 센에게도 찬란하고 빛나는 결말이 오는 것처럼, 나의 삶에도, 분명 찬란하고 빛나는 그런 날들이 올 것이다. 이 글을 읽는 모두에게 수많은 고난과 역경 후에는 항상 아름다운 결말만이 남기를 바란다.

김동규

계절의
얼룩

악보는 하루아침에 쉬이 완성되지 않는다. 그도 그럴 것이, 정말 천재적인 작곡가라 할지라도 악보를 그린다는 건 절대로 간단한 작업이 될 수 없기 때문이다. 여러 곡을 보다 보면, '이렇게 많은 기호가 조화롭게 섞여 들어갈 수 있구나.' 하는 것을 절로 깨닫게 된다. 한 마디 한 마디마다 정성이 가득 담기지 않으면 안 되기에, 기호 하나에도 무수한 정성을 들이는 것이 음악가의 숙명이다. <어느 여름날>을 들어보아도 그렇다. 처음에는 pp(매우 여리게)로 시작한다. dim.(점점 여리게)나 cresc.(점점 세게)도 곡이 물 흐르듯 흘러갈 수 있도록 돕는다. 조금 분위기가 고조되었을 때도 mp(다소 여리게)나 mf(다소 세게)만을 사용하여 전반적으로 여린 기조를 유지한다. 마지막은 여운을 남길 수 있도록 rit.(점점 느리게)로 마무리. 음표 하나하나가 머릿속을 맴돌고 이내 깊은 여운을 남기는 곡이었다.

하지만 이 곡이 내 기억에 더 진하게 남았던 이유는 따로 있다. 그 셈여림표들을 세심히 기록하며 작곡가가 흘렸을 수많은 땀방울을, 정확히는 그 땀방울로 인해 남은 '얼룩'을 느낄 수 있었기 때문이다. 흰 오선지에 수놓아진 기호들은 자칫 섞일 것 같으면서도 그렇지 않았다. 개성을 유지하면서도 각자의 자리에서 묵묵히 제 할 일을 해내고 있었고, 정제되어 있었지만 동시에 섞이지 않은 상태를 유지하고 있었다. 여러 색의 물감을 아무렇게나 떨어뜨려도 한 편의 예술 작품을 완성해내는 드리핑 기법처럼. 자연스럽다고 하지 않을 수 없었다. 시간이 지나고 보니, 어느새 내 옷에 달라붙어 지울 수 없는 얼룩이 되어 있었다.

내게는 그런 얼룩들이 몇 가지 있다. 고등학교 1학년이 된 지 얼마 안되어 평창으로 수련회에 갔을 때의 기억이다. 3월이 다 끝나갈 무렵이었다. 같은 중학교를 나온 친구와 농구장에 단둘이 앉아 노을이 다 질 때까지 이야기를 나눴다. 봄이면서도 아직 찬기가 완전히 가시지 않았을 때라, 밖에 앉아 이야기하기 딱 좋은 날씨였다. 나는 원래 역사를 좋아했고 그 아이는 과학을 좋아했는데, 서로 관심사가 바뀌었다고 한참을 신기해했다. 중학교 수련회에서 같은 방을 쓸 때, 내가 잠이 안 온다고 하자 다른 친구들을 데리고 와서 자장가랍시고 불러 준 원소 기호 노래 탓이었을까. 뼛속까지 문과인 내가 과학을 좋아하게 되다니. 가만 생각해 보면 그 아이가 역사에 빠지게 된 것이, 내가 온종일 끼고 다니던 역사책 때문이었을지도 모르겠다. 서로 돕고, 좋은 영향을 줄 수 있는 것이 진정한 친구라는 것을 깨닫게 된 순간이었다.

　여름에 다른 친구와 함께 홍천으로 여행을 갔을 때도 기억난다. 나는 비 맞는 것을 끔찍하게 싫어하는데, 마침 그날은 장맛비가 종일 쏟아지던 날이었다. 처음엔 절대 나갈 생각이 없었다. 비가 내려 옷이 젖는 것도 싫었고, 더군다나 주변에 놀 만한 장소도 그다지 없을 것이라고 판단했기 때문이었다. 그런 내가 우산도 쓰지 않은 채 비를 맞으며 물놀이를 하다니. 친구를 아끼는 마음이 비를 싫어하는 마음보다 훨씬 컸던 모양이다. 추운 날에 몇 시간이나 물에서 놀고 오들오들 떨면서 들어와서 감기도 걸릴 뻔했지만, 상관없었다. 그때까지 했던 물놀이 중에 가장 재미있었고, 덕분에 비 오는 날을 조금이나마 좋아하게 됐으니까.

아마 일부러 비를 맞은 날은 그날이 처음이자 마지막일 것이다.

　소중한 날의 기억들은, 내 인생이라는 악보를 가득 채우는 기호가 된다. 수련회에 갔던 날의 기억도, 친구와 여행을 갔을 때의 기억도 모두 하나의 기호가 되어, 내게 세상에서 가장 아름다운 얼룩을 선사한다. 연주자는 나고, 작곡가는 계절이다. 계절은 수많은 추억을 곡에 담아 낼 줄 아는 뛰어난 작곡가다. 음표를 아무렇게나, 흐름에 맞지 않게 그린 것처럼 보여도, 곡이 완성되고 나면 위화감은 온데간데없이 사라진다. 악보는 내 손에서 언제든지, 어디서든지 연주될 수 있다. 문득 추억이 떠오를 때 꺼내어 연주해 보면 그만이다. 봄을 회상하고 여름을 회상한다는 것은 계절을 회상하는 것이 아니라, 계절이 만들어준 얼룩을 회상하는 것이기 때문이다. 계절이 악보에 더 많은 기호를 그려 넣을수록, 내 손때가 묻을수록 더 많은 얼룩이 모인 악보는 한 폭의 그림이 된다. 오직 나를 위한, 나만의 추억을 담은, 나만의 그림.

오늘은 베란다 창문에 붙은 매미가 일어나라는 듯 시끄럽게 울어댔다. 벌레를 무서워하는 나는 그 작은 매미 하나를 쫓느라고 소란을 피웠다. 어릴 적 매미 좋아하던 우리 아들은 어디로 갔냐는 어머니의 장난과 함께, 매미는 내 시야에서 금세 사라져 버렸다. 눈 깜짝할 사이에 지나가 버린 나의 어린 시절처럼. 잠이 깬 뒤 책상에 앉아 <어느 여름날>을 들으며, 내 악보를 다시 꺼내 흥얼거려 본다. 계절의 손이 지나간 곳은 자리마다 지워지지 않는 얼룩으로 빼곡하게 채워져 있다. 가족들과 소풍을 갔던 봄날 나를 반갑게 맞아주던 따스한 햇살과, 질세라 너도나도 만개했던 꽃들. 그리고 매미 때문에 잠을 설쳐버린 오늘 아침의 선선했던 공기. 계절은 아마 올해 내게 또 다른 얼룩들을 가득 묻힐 것이다. 계절이 내게 더욱더 많은 얼룩을 묻혀 주었으면 좋겠다. 지금 이 순간의 공기마저 추억할 수 있게. 지금은 힘들고 사소하게만 느껴져도 시간이 지나고 나면 아름다운 추억으로 남을 수 있게. 나의 삶에 rit.는 있어도, D.S는 없으니까.

※ D.S (달 세뇨): 연주를 마치지 말고, 세뇨로 돌아가 Fine(피네)까지 한 번 더 연주하라

세뇨: D.S에서 돌아가 다시 연주를 시작하는 지점

Fine(피네): 반복된 연주가 종료되는 지점

pp(피아노): 매우 여리게

dim.(디미누엔도): 점점 여리게

cresc.(크레센도): 점점 세게

mp(메조피아노): 다소 여리게

mf(메조포르테): 다소 세게

rit.(리타르단도): 점점 느리게

김민지

추억에게

좋았지. 참 좋았어.

너를 떠올리면 먼저 이렇게 생각해. 그리고 영화처럼 너는 스쳐 가. 머릿속에서, 감고 있는 눈에서. 그럴 때 나는 꼭 영화관에 있는 것 같아. 영사기에 회상할 시절을 담은 필름을 넣고, 천천히 돌아가는 소리를 들어. 곧 암흑에 갇힌 화면은 밝아지고, 일인칭 시점의 짧은 영상이 나와. 그걸 모두 모으면 한 편의 영화가 되겠지. 왜, 인생을 영화로 만들면 어떻겠냐는 질문을 하잖아. 나는 네가 있어서 그런 질문을 할 수 있다고 생각해. 어쨌든 일어난 사건이 소재일 거고, 그건 곧 네가 되니까. 지나간 모든 일이 네가 되는 선물을, 우리는 가지고 있잖아. 지금 이 순간도 영화의 한 장면이 될 수 있다는 게, 꽤 행운인 것 같아.

너는 보통 우리에게 어린 시절을 말해줘. 나도 너의 대부분은 어릴 때의 기억으로 차 있어. 그때는 성숙하지 않아서, 오히려 아름다웠던 시절이거든. 완전히 성장한 이상 미성숙했을 때는 돌아오지도, 돌아가지도 못해. 과거는 이미 지나와서 다시 갈 수 없는 곳이니까. 어릴 때는 철 없이 다니고 모든 면에서 한없이 부족했어. 하지만, 덕분에 별다른 걱정 없이 놀고 뭐든 즐길 수 있었어. 그때만 누릴 수 있었던 행복이었지. 빨리 어른이 되고 싶다고 소망하는 애들이 있잖아. 나는 그러지 않았어. 어른이 되면, 누구의 도움 없이 나 혼자서 삶을 꾸려 나가야 하니까. 그래서 미래를 걱정하기보다 현재를 즐기는 그 시절이, 가장 아름다웠던 거야. 돌아갈 수 없는 걸 알면서도, 돌아가고 싶다고 희망하면서.

나는 어떠한 장소에 있을 때 너를 생각해. 집 앞에 놀이터가 있거든. 얼추 나랑 나이가 비슷할 거야. 그곳에 가면, 자연스레 친구들과 놀이터에서 있었던 일이 생각나. 내 어린 시절의 기억이 여기에 담겨있지. 모래 위에 장난감을 올려두고 열심히 뛰노는 아이들을 보면, 매번 다른 나의 모습이 맴돌아. 그곳의 나를 담은 필름이 꽤 많은가봐. 볼 때마다 지겹기보다 더 그리워. 또, 오랜만에 시내버스를 타고 졸업한 학교에 간 적이 있는데, 그때의 기억이 떠올랐어. 정문으로 길을 걸어가면 친구와 나누었던 대화가, 교실을 지나치면 들었던 수업 내용과 선생님이 기억나. 지겹게 반복된 생활이었는데, 그것마저 네가 돼버렸어. 벗어나고 싶었던 하루가 결국 네가 됐더라고. 이렇듯, 공간은 나에게 특별함을 주곤 해. 지금의 내가 과거의 나를 지켜보는, 둘이 공존하는 장면을 만들어준다고 해야 하나. 일인칭이 아니라 삼인칭의 시점으로 나를 보게 돼. 참 신기해. 특별하고.

좋든 싫든, 너는 지나온 과거를 떠올리게 하는 창구야. 불현듯 생각나면서, 사람을 웃게 하는 재주도 있고. 힘든 일을 하다가 너를 생각하면, 모든 게 다 괜찮아질 듯한 묘한 기분이 든단 말이야. 항상 입꼬리가 올라가면서. 무슨 기억이든 참 좋았다, 하고 결론짓는 이유가 그래서인 것 같아. 그리워하거든. 그때 겪은 일은 물론, 그때의 나를 무척이나 그리워하거든. 그리움이 기억에 앞서지. 그 그리움이 나는 좋아. 앞에서, 너를 생각할 때 영화관에 있는 것 같다고 말했잖아. 거기서 기억 속을 여행하는 느낌이 또 들더라고. 쉽게 말하면, 시간 여행인 거지. 옛날의 나로 돌아가, 일어난 일과 둘러싼 상황을 지켜봐. 어쨌든 너를 생각한다는 건, 너를 거닐면서 과거를 다시금 느낀다는 거니까. 나는 이게 모두 그리움이 바탕이 되어 이루어진다고 생각해.

모든 것을 기억할 수는 없지. 망각은 우리가 막고 싶어도 막을 수 없는 거니까. 그게 네가 소중한 이유야. 기억나는 모든 것이 결국 네가 되잖아. 선명하든 흐릿하든, 없어진 기억이 아닌 이상 그걸 너라고 말할 수 있잖아. 죽을 때까지 남아있는 건 영원한 네가 되겠지. 그래서 네가 점점 흐릿해져 가더라도, 짧은 순간으로밖에 남지 않더라도, 나는 네가 있다는 사실에 충분히 고마워하며 살려고. 또 하나의 감정을 선물해줘서 고마워. 아직 살아 있어줘서, 계속 나에게 남아줘서 고마워. 이렇게 고마워하며 살려고. 참 좋았던 기억을 남겨주는 너에게.

추신. <One Summer's Day>라는 영화 OST가 있어. 너의 한 편에 이 영화를 본 내 모습이 있을 거라, 너도 잘 알 거야. 이 노래, 동봉할게. 너랑 분위기가 꽤 닮은 것 같거든. 너를 보는 영화관에 있으면 배경음악으로 틀어줘. 나중에 내 인생을 영화로 만들 때, 잘 어울리는지 참고하게.

그럼, 안녕.

김효진

여름, 복숭아, 그런 결말

어느 여름날의 기록

여름은 초록색 복숭아다.

노트북을 켜둔 채로, 차가운 복숭아를 먹으며 <어느 여름날>을 들었을 때 가장 먼저 떠오른 생각이다. 엉뚱하다. 잔잔하고 아련한 피아노 음악을 들으면서 떠오른 생각치고는..황당하리만큼 너무 엉뚱하고 어이가 없는 말이라, 모순적이게도 나도 모르게 이 문구에 사로잡혀 버렸다. 안 돼, 어서 음악에 집중해! 몇 번을 들어도 무척이나 감미로운 음악이건만, 야속하게도 이미 초록색 복숭아가 내 머릿속을 온통 지배해버렸다. 하는 수 없다. 이건 어쩌면 복숭아 신의 계시일지도 모른다. 아니, 그동안 복숭아를 먹었던 일상에서는 이런 생각이 떠오른 적이 없었으니, <어느 여름날>과 복숭아가 합쳐져서 만든 인연인가 보다. 가만, 여름과 복숭아? 역시, 여름은 복숭아라는 나의 이론에 힘을 실어주는군. 실은 일단 떠올리고 봤을 뿐, 현실적으로 봤을 때 여름과 복숭아 사이에는 공통점을 찾으려야 찾기가 어렵다. 여름은 계절이고, 복숭아는 과일이다. 계절과 복숭아 사이에는 어마어마한 거리가 있다. 누구나 다 아는 사실이다. 이런 건 어떨까? 누구도 부정하기 어려운 일반적인 사실에서부터 시작하는 거다.

1. 복숭아는 좋아하는 사람이 있고, 싫어하는 사람도 있다.
2. 여름도 그렇다.
3. 고로 여름은 복숭아다.

이것도 아닌 것 같다. 그럼 이건 어떨까? 문학적인 접근이다. 여름은 아직 덜 익은 초록색이다. 생명이 피어난 봄의 다음 단계이자, 가을로 무르익기 전 단계. 여름이 과일이었다면 필시 베어 물었을 때 쌉싸름하고 시큼한, 덜 익은 초록색의 과일이었을 것이다. 하지만 그것이 여름의 매력이다. 한껏 무르익기 전의 설렘과 기대. 우리는 기꺼이 여름이 지닌 풋풋함을 즐긴다. 익기 전의 복숭아는 마치 털 달린 조그만 초록색 공 같다. 그 낯설고 당황스러운 외양에서, 우리가 알고 있는 노랗고 불그스름한 복숭아의 흔적도 찾아볼 수 없다. 그러나 초록색 복숭아는 싱그러우면서, 무한한 가능성을 지닌다. 마치 여름처럼. 풋내기 초록 복숭아의 미래는 그 누구도 예측할 수 없다. 익으면서 딱딱한 복숭아가 될지, 말랑한 복숭아가 될지, 노란 황도가 될지, 하얀 백도가 될지…….

이것마저 당신을 설득할 수 없었다면 나도 이제 깔끔하게 포기하겠다. 여름은 여름, 복숭아는 복숭아인 것으로. 대신 복숭아는 여름이 제철이니 꼭 먹어줬으면 한다. 가을까지 복숭아 한 박스 정도는 거뜬히 먹어줘야 온전히 여름을 잘 보낸 것이라고 할 수 있다. 하지만 아무리 맛있는 복숭아라도 계속해서 먹다 보면 질릴 수 있다. 그럴 경우를 대비해서 복숭아를 맛있게 먹는 방법 한 가지를 소개한다.

1. 잘 익은 복숭아를 냉장실이나 냉동실에 넣어 차갑게 식힌다.

2. 마스카르포네 치즈에 연유를 뿌리고, 잘 저어준다.

3. 차갑게 식힌 복숭아에 연유를 섞은 마스카르포네 치즈를 얹어 먹는다.

취향에 따라 연유 양을 조절하고, 메이플 시럽이나 크래커 등을 곁들이면 된다. 지난여름 한창 유행했던 그릭 복숭아와 비슷한 느낌인데, 마스카르포네 치즈는 그릭 요거트보다 더 달콤하고 고소해서 더 맛있다. 아무렴 좋다. 복숭아를 더 맛있게 먹는 방법까지 소개했으니, 더 여한이 없다. 이제 <어느 여름날>을 들을 때 복숭아가 떠오르지 않아서 음악에 집중할 수 있게 되었으니, 다시 <어느 여름날>에 대해 이야기해보도록 하자.

<어느 여름날>의 시작 부분, 피아노가 '도로롱' 하고 날카로운 듯 부드러운 소리를 내뱉는 매 순간, 나는 숨이 멎는 것 같았다. 숨을 죽여야 들을 수 있는 가냘프고 섬세한 소리가, 어째서 매번 나의 폐를 찌르는 것만 같은지. 수십, 수백 번을 들어도 언제나 변함없이 나의 숨을 앗아가는, 잔혹하리만치 아름다운 도입부다. 음악을 트는 순간 우리를 감싸던 공기가 한순간에 훅 바뀌는 느낌, 음악이 초대하는 특별한 공간에 발을 내딛는 느낌. 사실 신선한 감상을 내뱉기에 이미 이 음악은 내

기억과 깊숙이 얽혀버린 지 오래다. 수십 번도 넘게 본 나의 '최애' 지브리 영화 '센과 치히로의 행방불명'의 삽입곡으로서, 내 친구가 가장 즐겨 연주하던 피아노곡으로서. 친구는 피아노가 곁에 있을 때마다 늘 <어느 여름날>을 연주해줬다. 나는 항상 옆에서 간식을 집어 먹으면서 친구가 연주하는 걸 구경했고. 아쉽게도 복숭아를 먹지는 않았다. 대신 떡볶이를 먹었다.

'센과 치히로의 행방불명'은 지금까지도 많은 사람들에게 명작 중의 명작 영화라고 손꼽히는 만큼, 삽입곡들도 범상치 않다. 하지만 <어느 여름날>이야말로 영화를 관통하는 음악이라는 생각이 든다. 지브리의 영화들이 대개 그러하듯이, '센과 치히로의 행방불명' 또한 끝이 불분명한, 열린 결말로 마무리된다. 나는 주인공의 이야기가 더 궁금하고, 알고 싶은데 영화는 그것을 허락하지 않는다. <어느 여름날> 같은, 짙은 여운을 남기는 음악을 들려주면서 어떻게 그리 매정하게 끝이라고 말할 수가 있는지……. <어느 여름날>을 들으면 들을수록 무섭고 서러워지는 것도 그런 까닭이 아닐까 싶다. 분명 나는 아직 헤어질 준비가 되지 않았는데, 벌써 나를 두고 떠나가려 하는 느낌이다. 하지만 그런 결말이기에 영화가 그토록 아름다울 수 있고, 음악도 마찬가지이다. 말 그대로, '가야 할 때가 언제인가를 분명히 알고 가는 이의 뒷모습은 얼마나 아름다운가'.

깊은 여운을 남기는 음악처럼,

나도 누군가에게 오랜 시간 곱씹는 의미가 될 수 있기를 소망하는,

어느 여름날의 기록이다.

남궁설

비눗방울이
터지지 않았으면
좋겠어요

당신의 어린 날은 무엇이었습니까?

제 첫 기억은 약 3살 무렵, 아버지의 홍삼을 핑킹가위로 잘라 몰래 훔쳐먹는 기억입니다. 기억이 중첩되는 걸 보니 아마 상습범이지 않았나 싶네요. 책읽기보단 뛰놀기를, 소꿉놀이보단 송충이로 친구를 괴롭히길 좋아하는 아이였습니다.

집 지붕에 올라가서 슈퍼맨 놀이를 하다가 다리가 부러진 적도 있었고, 나사를 먹으려 하는 절 보고 아버지가 달려오다가 허리를 삐끗하신 적도 있습니다. 한 마디로 말괄량이였습니다.

머리가 크다고 해서 나아지는 것은 아니더군요. 중학교 때는 아이스크림이 먹고 싶어 담을 넘다가 교복 치마가 찢어져 조퇴를 했고, 고등학교 땐 계단 손잡이를 엉덩이로 내려오다 엉덩방아를 찧어 한동안 걸어 다니지 못했습니다. 아마 제 인생에서 가장 조용한 며칠이지 않았나 싶습니다.

어린 시절 저는 비눗방울을 가장 좋아했습니다(물론 송충이를 나뭇가지 위에 올릴 때만큼의 쾌감은 없었지만요). 비눗방울을 좋아하는 저를 보곤, 아버지께서는 시중에 판매하는 모든 종류의 비눗방울을 사주셨습니다. 제가 초등학생이 되어서도 그 비눗방울을 다 쓰지 못한 걸 보면요.

나뭇잎에 살짝 가려져 일렁이는 햇빛, 그 햇빛에 반사되어 비눗방울이 무지개를 피우는 광경은 아직도 사진처럼 제 머릿속에 남아있습니다. 지금도 가끔 문방구 앞을 지나가면 비눗방울을 보고 발걸음이 느려지곤 합니다.

한때는 터지는 비눗방울을 보며 눈물이 났던 적도 있습니다. 예쁜 것을 오래 보고 싶은 것은 어른이나 아이나 다 똑같은가 봅니다. 열심히 만들어도 감당할 수 없는 아름다움을 버티지 못한 채 제 몸을 터뜨려 흔적도 없이 사라진다는 것이 마음 아파, 울면서 비눗방울을 계속 만들기도 했습니다. 이 많은 것들 중 하나쯤은 터지지 않으면 좋겠다는 마음을 담아서요. 결국 다 터져버린 비눗방울을 허망한 눈물로 배웅하는 절 달래주는 건 어머니의 몫이었습니다(이토록 무용한 것마저 사랑했다니, "글을 쓰는 사람들은 다 그런가?"라는 합리적인 의심이 듭니다).

요즈음엔 총처럼 자동으로 비눗방울이 나오더군요. 하지만 저는 직접 제 손으로 비눗방울을 만드는 것을 좋아했습니다. 무언가를 직접 한다는 것은 그만큼의 손끝에 퍼지는 감동을 주니까요. 그래서 저는 지금까지도 E-BOOK보다는 사그락거리는 종이책의 질감을 사랑하고, 톨게이트보다는 마지막까지 남아 동전을 세고 있는 사람입니다. 네, 세상의 빠른 흐름 속에서 도태되고자 합니다. 급변하는 세상에 가끔은 홀로 외롭지만 빗속에서 춤을 추는 것만큼 비효율적이고 행복한 일은 없는 것 같기에요.

"뭐 어때?"라는 말을 좋아합니다. 모든 행동에 정당성과 의미를 부여하고, 무엇 하나 소중히 여기는 문장 같아서요. 차표 하나 버리지 못해 오래된 외투에 품고 그것마저 추억으로 간직하는 미련한 사람이 쓰는 글입니다.

무용한 것을 사랑하고 가끔 한가하게 시나 읊는 사람이 꿈입니다. 스쳐 가는 것의 마지막에 아쉬움을 두고, 가끔은 아파하며 살고 싶습니다. 메마른 대지에서 목을 축일 수분을 찾아 묵묵히 땅을 파는 것, 그것이 우리가 해야 할 일 아니겠습니까.

티 없이 맑은, 그리고 한없이 여린

그러나 햇빛에 비친 순간만큼은 더없이 아름다운.

저는 비눗방울이 터지지 않았으면 좋겠는 사람이 되고자 합니다.

서윤희

수신자
부재중

1

가끔 너는 이름 모를 형체로 내게 다가왔다. 사랑이라는 추상적이고 유치한 감정에 둘러싸여 누구도 가르지 못할 감정을 주고 갔다. 네가 부여한 마음은 주체할 수 없이 커져 자꾸만 내 시선에 네가 닿을 수 있도록, 그렇게 자리 잡았다. 타인의 존재로 나의 하루가 채워질 수 있음을 깨닫게 된 후로부터 조금씩 내 존재를 네게 전하고 싶어졌다. 더 크게 날 온몸으로 외치고 싶어졌다.

하나의 점에서 시작된 관계는 돌아보니 둘레를 형성하고 있었고 크나큰 테두리를 지어 나의 삶 전체를 두르고 있었다. 왜인지 모르게 그 앞에선 무력해진다. 아니, 무력해지길 원한다. 세포 하나하나를 잇는 모든 근육이 잔뜩 긴장한 듯 단단히 서로를 잡아당기다가 한순간에 펑- 하고 연기처럼 느슨해진다.

2

어제는 온종일 비가 오더라고요. 지하철역에 도착해 5번 출구로 향하는데, 계단 앞쪽부터 사람들이 정체된 거예요. 난 정말 하늘이 열린 줄 알았어요. 매일 뉴스에 사건, 사고가 수도 없이 많이 터져요. 누군 지구 종말이라는 시답잖은 이야기를 하는데 어젠 우리가 시대의 끝에 서 있을 수도 있겠다고 하는 생각이 들더라고요. 근데 아무리 마지막이라고 해도 난 가야 할 길이 있었어요. 긴 줄을 헤엄치고 나서 폭우를 맞이했죠. 바지가 온몸에 착 달라붙은 줄도 모르고, 신발이 저 심해 같은 웅덩이에 푹 적셔져도 난 얼른 가야만 해 하는 생각이 머리를 가득 채웠어요.

무사히 도착하긴 했지만, 창가에 비친 생쥐 꼴이 퍽 웃기더라구요. 만약 지금 이 모습을 당신이 본다면 어떤 말을 할까 상상하기도 했어요. 허리를 젖히며 웃어넘길까 혹여나 놀란 표정으로 나에게 달려와 이리저리 손바닥 뒤집듯 날 뒤집어 상태를 확인할까 그런 상상 있잖아요.

요 며칠간 수중을 헤엄치는 기분이에요. 무척이나 습하고 가끔은 숨 쉬기도 힘들어요. 그 기운이 이 장마를 만나기 위함이었다니, 실제로 마주하니까 어마어마한 기운이 나올 만했더군요. 어제를 회상하는데 궂은 날씨보다 당신만이 생각나는 건 왜일까요. 보고 싶어요. 또 연락할게요.

3

아무도 의식하지 않고 딱 우리끼리만, 덕분에 여름이 좋아졌다고 하면 어떻게 생각할지 궁금하네. 그렇게 겨울이 좋다고 입이 닳도록 외치던 나는 이제 너랑 보낼 지독한 무더움을 사랑하게 됐어. 꿉꿉한 날씨도 함께 있으면 그리 깔끔하지 않은 감정은 아니란 걸 깨닫게 되기도 했고. 갑자기 내리는 소나기에도 크게 작용하지 않을 감정의 파동을 느끼고 있어.

사실 어떻게 생각하냐는 질문은 나 스스로 제일 묻고 싶은 말이기도 해. 내가 어쩌다 이렇게 된 건지 나조차도 다가올 여름을 기다리고 있다는 게 말이 되는 건가 싶어. 일 년 중 가장 정체된 감정을 느끼던 때가 여름이었는데 덕분에 푸릇한 자연과 함께 순리를 따르게 된 것 같기도 하고. 더 나에게 솔직해지기도 했어.

사계절 내내 서로에게 솔직해지잔 말이 난 가장 큰 도전이라는 걸 넌 잘 알고 있겠지. 계절의 변화가 큰 파도가 되어 내 감정을 휩쓸고 간다는 걸 알고 있는 네가, 사계절 내내 우리 온전히 그 계절을 받아내자는 말을 내게 건넸던 건 너조차도 나에게 용기를 준 거잖아.

난 그런 너를 무척이나 사랑해. 넌 늘 나를 일으켜 세우고 있어. 난 너와 함께라면 정말 뭐든지 할 수 있는 마음을 먹게 돼. 무모함도 용기라

는 걸 알려줘서 고마워. 늘 나의 여름을 지켜줘. 그렇게 우리 항상 서로

에게 솔직해지자. 넌 나의 계절이니까.

4

여백 없이

너의 모든 시간을

사랑해.

정유리

누구도 기억하지 못하는 1초

3분 10초 중에서

빌딩 숲 우거진 도심 한복판에서 너른 초원이란, 결국 '대공원'이 품고 있는 조금의 풀밭이 전부다. 초원을 그리워하는 이 마음을 당장 정리할 수 없었던 나는 얕은 풀장에 발만 담가도 물놀이가 된다고 생각했다. '얕은 풀밭'이라도, '풀 놀이'가 된다고.

더위가 기승을 부리기 직전, 여름의 아슬아슬한 아침.매미 소리가 희미하게 들리는 것으로 시간을 대충 파악하자니 오전 8시가 조금 안 된 때다. 바로 다음 음을 연주하는 것마저 조심스러운 손가락이 피아노 건반을 가볍게 훑어낸다. 그렇게 이 아침이 그려진다. 이부자리를 정리하고, 가볍게 선크림을 바르고, 흰 모자를 쓰는 것으로 외출 준비는 끝이다. 텅 빈 집 현관에 서서 집안을 향해 나지막이 "다녀오겠습니다."라고 능청 떨기도 해본다면, 특별한 기분(아마도 '붕 떠 있다'고 하는 그것)의 외출이 시작된다.

새 소리가 피아노 음색과 겹쳐 울린다. 의외로 새의 지저귐은 봄의 아침보다 여름의 아침에 더 크게 들린다. 때로는 그 지저귐이 이끄는 대로, 때로는 표지판이 가리키는 대로 가다 보니 나의 정신은 '대공원' 입구에 금세 도착했다. 뜨끈해진 정수리를 손바닥으로 한번 눌러보며, 내가 온전히 잠에서 깼음을 자각한다. 마치 섬세하게 한음 한음 읊어나가던 손가락이 기운차게 피아노 건반 위를 활보하듯이. 오른손은 멜로디, 왼손은 반주로 능숙하게 나누어진 연주를 시작하듯이. 연주자가 악보에 의존하며 흘러가는 것처럼 나는 내 앞에 나 있는 길에 의존하며 걸어간다. 우리의 하이라이트, 너른 초원까지.

공원 전체의 형태가 그려져 있는 지도 앞에 서서, 돌연 생각한다. 누구는 여름이 더워서 싫고, 누구는 끈적여서 싫구나. 누구는 여름이 너무 물에 찰박여서 싫고, 누구는 너무 시끄러워서 싫고. 삼 개월 남짓의 짧은 기간 동안 참 많은 모습을 보여주는 계절이 바로 여름이다. 갈팡질팡하는 태양과의 눈치 싸움에서 나는 패배했다. 뜨거웠던 정수리가 소낙비에 식어갈 때 즈음에야 겨우 우산을 편다. 우산보다 내가 더 많이 젖었다. 인제야 물기가 묻어나기 시작하는 우산 밑에서, 돌연 생각한다. 참 많은 모습을 보여주는 계절이 바로 여름이라고. 이 노래에는 변주가 너무 많다. 나비가 살랑거리는 모습 그대로를 보여주는가 하면, 어느새 단조로 들어가 닭똥 같은 눈물을 쏟아내고 있다. 그 울음에 익숙해지고자 손수건을 들면, 언제 그랬느냐는 듯이 다시 또 장조로 돌아와 모든 것을 끌어안는다. 갈비뼈가 으스러지도록 끌어안는다. 이것이 더 자주, 더 얕게, 더 집요하게 반복될수록 우리의 하이라이트가 멀지 않았음을 알 수 있다.

그래, 그래. 우산을 접을게. 바라는 것도 많지.

나는 그런 말을 끝으로 손부채질을 시작했다.

도착한 풀밭은 얕았다. 길게 자라지 못한 풀은 바람이 거세게 불어도 거의 눕지 못한다. 여름의 초원, 적당한 길이의 원피스를 입고, 양팔을 벌린 채... 이런 '애니메이션에서나 나올 법한 자유'를 실체화하기에는 턱없이 부족한 길이다. 그러나 충분했다. 나는 '풀 놀이'에 한창이었다. 풀밭이 망가지지 않도록 그 가장자리로 따라 걸으며 마음껏 풀 내음을 즐겼다. 풀밭 안으로 들어가 공놀이를 즐기는 아이와 개는 귀여웠다. 이 얕은 풀밭에서도 돗자리는 펼쳐졌고, 서로 기대앉는 사람들은 많았다. 초원에 필요한 모든 것이 여기 있었다. 그러니 충분했다.

하이라이트는 하이라이트에서 끝나지 않는다. 그것은 여운을 남길 수 있을 만한 모든 요소를 동원하여 마음을 오래 두드린다. 또한 그것은 문득 찾아와 자신에게 매몰되게끔 유도한다. 나는 고개를 들었다. 풀밭이라는 하이라이트가 유도한 그 짧은 1초에 매몰되기 위해서. 내 눈길이 닿은 곳에는 높이를 맞춰 다듬어 놓은 풀 담장 한쪽이었다. 나뭇가지들이 기묘하게 우거져 있었다. 터널의 입구라도 되는 듯이 모여 있는 그 모습은 마치 나를 도발이라도 하는 듯했다. 가볍게 도발에 넘어간 순간, 노래는 다시 한번 변주된다. 예상에 없던 악기가 들어와 마음을 쿵쿵 울리게 한다. 가벼운 피아노로 시작한 노래는 돌이킬 수 없을 정도로 웅장한 배경음악이 되어 있다. 사람 한 명이 겨우 지나갈 수 있는 덤불 통로의 입구를 억지로 열 때, 노래는 '절정'에 치닫는다.

그 덤불 입구 너머에서 무엇을 봤는지, 무엇을 보게 될 것인지는 알려주지 않아도 된다는 듯이 빠르게 퍼지며 페이드아웃 되는 노래. 이것에 중학교 삼 학년의 나는 통렬히 동감하면서 그 입구 안으로 빠르게 기어 들어 갔다. 노래는 끝났다.

3분 10초의 노래는 이렇게 막을 내렸지만, 나의 삶은, 당연하게도, 지속된다. 덤불 안은 단지 낮은 풀숲이었다. 어린아이 세 명 정도가 들어갈 수 있는 공간에 혼자 있었던 나는 '매몰됨'이 무색하게 별다른 감흥 없이 빠져나왔다. 다음 달, 다시 한번 그 우거진 나뭇가지들을 찾아갔을 때 내가 볼 수 있었던 건 오직 하나였다. 덤불 입구나 낮은 풀숲 따위는 처음부터 없었다는 듯이 깔끔하게 정리된 풀 담장, 그뿐.

그러니 이것은 그 누구도 기억하지 못하고, 기억하지 않는 '어느 여름 날'.

황민서

여름,
그 노을의 맛

태양 씨는 사계절 내내 출근한다. 그이처럼 성실한 우수 사원도 없다. 지각 한번을 하지 않으니 모든 이의 사랑을 받을 수밖에. 출근 시간을 잘 지키듯, 5시가 되면 칼같이 퇴근 준비를 마친다. 그런데, 여름만 되면 그의 퇴근 시간이 늦어진다. 여름에 실적이 제일 좋다나 뭐라나. 자기가 일한 만큼 결과가 나와서 야근이 즐겁단다. 7월의 저녁 7시. 초침은 쉴 새 없이 달린다. 퇴근을 모르는 태양 씨는 산마루 턱에 걸려있다.

"야야 지금 몇 시야. 아니 벌써 7시야? 아이 망했네."

이제야 시간을 확인해버린 태양 씨는 다급하게 짐을 싸더니, 서쪽으로 달리기 시작했다. 그는 붉게 물든 옷자락만을 남기고 서서히 자취를 감추었다. 그의 옷자락에 씌어 분홍빛을 띠는 아파트. 벗지 않으려 안간힘을 쓰는 걸 보니, 갈아입은 옷이 꽤 마음에 들었나 보다. 이런! 아파트를 구경할 때가 아니다. 태양 씨가 야근한다는 걸 아니까. 늦게 진다는 걸 아니까, 너무 안심했나 보다. 일을 다 끝내버리고 집에 가도 되겠다 싶었는데. 어느새 그의 옷자락 끝마저도 보이지 않는다. 결국, 색을 잃어버린 도시를 걷게 되었으니. 내가 방심한 탓이다.

푸릇한 색을 잃어버린 채, 으르렁대는 가로수길. 가로등 불빛 하나에 의존해 걷는다. 어떠한 안전장치도 없이. 그저 온몸으로 어둠 속에 스며든다. 가로등이 없어 더 짙어진 어둠은 나를 금세 집어삼킬 듯 쫓아온다. 어둠에 먹혀 나의 색을 잃어갈 때쯤, 다음 가로등이 나타난다. 마치 꼬리잡기처럼. 언제 내 꼬리가 잡아먹힐지 모르는 약육강식의 세계. 그렇게 위험한 밤을 걸었다. 여름은 낮이 길고, 밤이 짧은데도. 짧은 밤이 무섭게 느껴진다. 낮이 기니까, 영원히 길 것만 같은 착각에 빠져버린 걸까.

겨울에는 너무 일찍 지니까, 노을이 소중했는데

여름에는 너무 늦게 지니까, 노을을 놓쳐버렸다.

하루는 그렇게 무서워하는 어둠을 직접 찾아 나섰다. 아무리 숨을 내
쉬어도 가슴 한쪽에 묵직한 무언가가 통로를 막고 있어, 내 호흡을 방
해하는 느낌이었다. 짙게 모자를 눌러쓰고, 에어팟을 끼고 무작정 길을
나섰다. 어둑해지는 저녁. 버스 정류장과 상가 사이, 작은 공원에 있는
벤치에 앉았다. 차들은 쉴새 없이 달리고, 술집들은 조금씩 활기를 찾
아가기 시작했다. 난 어두워지기만을 기다렸다. 그래 어두워져라. 어두
워져서 내가 한없이 작아질 수 있게 도와줬으면 하는 그런 생각이 들었
다.

점점 시야는 번졌고, 도로 위 울렁이는 빛들은 미치도록 눈부셨다. 이
내 반짝이는 불빛 하나가 양 볼 위로 흘러내렸다. 에어팟에서는 노래가
흘러나왔고, 마음을 가린 마스크는 조금씩 젖어갔다. 호흡이 가빠진 후
에야, 내가 울고 있다는 것을 깨달았다. 아, 지금 나 힘들었구나. 나 지
금 힘든가 봐. 호흡이 가빠져야만 감정을 알아차릴 수 있다니. 너무 무
뎌져 버렸다. 무뎌짐. 이거 참 무서운 녀석이다. 느끼고 깨닫는 힘이나

표현하는 힘이 둔하게 되는 병이라서, 증상을 발견하기까지 꽤 힘든 시간을 견뎌야 한다. 힘들다는 걸 모르니까 차라리 괜찮겠구나 싶었는데. 쌓였던 감정들이 한꺼번에 휘몰아쳐서 중심을 잡기 힘들어진다. 나는 그날 그 벤치에서 그렇게 한참을 게워내고 일어섰다. 감정은 해소되지 않는 이상, 그저 방치된다. 모른 체한다고 없어져 버리는 게 아니라는 것이다. 그저, 묵혀두는 것. 여름철 높은 온도에 금방 음식이 상하는 것처럼, 묵혀둔 감정이 숙성되다 못해 썩어버린 것이다.

유통 기한이 지나 해소되지 못한 감정을 처리하는 나만의 방법이 있다. 바로 왕창 울거나, 맛있는 걸 먹는 것이다. 갑자기 이런 말 하기 참 부끄럽지만, 울고 나니 너무 배가 고팠다. 돈도 없으면서, 얼마 남지 않은 돈으로 먹고 싶었던 치킨을 시켰다. 온갖 청승을 다 떨며 치킨을 먹고 나니, 행복까지는 아니지만, 불행에서는 벗어난 기분이 들었다. 내게 이번 여름의 노을은 그날 먹은 치킨의 맛으로 기억된다. 당최 치킨이 짠 건지, 울어서 짠맛이 나는 건지 알 수는 없었지만.

노을을 참 좋아하는데. 노래를 듣고 떠오른 기억이 이런 것뿐인 걸 보니. 유난히 노을이 깊었던 이번 여름에는 노을을 노을답게 바라본 적이 없는 것 같다. 노래가 참 슬펐다. 마냥 밝을 것 같은 애니메이션 OST인데, 왠지 모를 서글픔이 느껴졌다. 한없이 찬란하고 빛나는 여름인데. 그만큼 어두운 시간의 깊이가 도드라진다는 점이 비슷해서, 그 기억을 떠올리게 한 게 아닐까. 다음 계절은 과연 어떤 맛으로 기억될지, 두렵기도 설레기도 한 밤이다.

이름 없는 들꽃마저 사랑하지 않은 적 없었다

발 행 | 2022년 09월 15일

저 자 | 김다영 김동규 김민지 김효진 남궁설 서윤희 정유리 황민서

펴낸이 | 한건희

펴낸곳 | 주식회사 부크크

출판사등록 | 2014.07.15(제2014-16호)

주 소 | 서울특별시 금천구 가산디지털1로 119 SK트윈타워 A동 305호

전 화 | 1670-8316

이메일 | info@bookk.co.kr

ISBN | 979-11-372-9515-5

www.bookk.co.kr